Mord im Kloster Rehberg

Juergen von Rehberg

Mord im Kloster Rehberg

Bibliografische Information der Deutschen National-bibliothek:
Die Deutsche Nationalbibliothek verzeichnet diese Publikation in der Deutschen Nationalbibliografie; detaillierte bibliografische Daten sind im Internet über http://dnb.dnb.de abrufbar.

© 2016 Juergen von Rehberg

Herstellung und Verlag: BoD – Books on Demand, Norderstedt

ISBN: 978-3-7431-0172-2

"Kannst du mir bitte meine Bluse aus der Reinigung holen?" fragte Birgit.

"Was für eine denn?" antwortete Monika.

"Die schöne mit deiner Lieblingsfarbe!"

"Die schwarze?" fragte Monika.

"Nein", antwortete Birgit, "meine „Georgette verde", du Dummchen!"

"Seit wann ist grün meine Lieblingsfarbe?" fragte Monika überrascht, "meine Lieblingsfarbe ist schwarz und auf keinen Fall grün!"

"Ist doch egal", lachte Birgit und gab Monika einen Kuss.

Und beim Hinausgehen sagte sie noch:

"Hauptsache, du bringst mir meine Bluse mit, mein Liebling!"

"Jawohl, Frau Hauptkommissarin!" antwortete Monika.

Birgit hörte es nicht mehr, denn sie hatte die Wohnungstür schon längst zugezogen und war in ihr Auto gestiegen, um ins Kommissariat zu fahren.

****

Birgit, "Biggi" Schwab, 32 Jahre alt und Kriminalhauptkommissarin, liiert mit

Monika, "Moni" Herbst, 30 Jahre, Lehrerin und stellvertretende Direktorin am hiesigen Gymnasium.

Die beiden Frauen hatten sich bei einem Kostümball des "Turn- und Sportvereins 1895" in der Stadthalle kennen und lieben gelernt. Das lag jetzt schon fünf Jahre zurück.

Sie hatten sich eine gemeinsame Wohnung genommen und waren - nach anfänglichen Schwierigkeiten in ihrem Umfeld - angekommen und auch akzeptiert worden.

Monika hatte dabei die höhere Hürde nehmen müssen, denn durch ihren Beruf als Pädagogin bedingt, wehte ihr anfangs ein strenger Wind entgegen.

Das war wohl auch verantwortlich dafür, dass sie nur Stellvertreterin wurde, obwohl sie für den Posten der Direktorin vorgeschlagen worden war.

Im Nachhinein betrachtet, war Monika gar nicht so unglücklich darüber. So blieb ihr mehr Zeit, die sie mit ihrer Liebsten verbringen konnte, welche über keine geregelte Arbeitszeit verfügte, so wie sie.

****

"Guten Morgen, Biggi!"

"Guten Morgen, Harri!"

"Der Boss will dich sehen!" sagte Harald Strom, Kriminaloberkommissar und Lieblingskollege von Birgit.

"Was will denn der Alte?"

"Das musst du ihn schon selber fragen!" sagte Harald und zuckte mit den Schultern.

Birgit ging sogleich zum "Ersten Kriminalhauptkommissar" und Chef Werner Schmitt, der keinen Humor besaß und schon gar nicht gern wartete.

"Da sind Sie ja endlich! Setzen Sie sich!"

Birgit erwiderte die herzliche Begrüßung mit einem gemurmelten "Guten Morgen, Chef!" und setzte sich nieder.

"Wir haben einen sehr speziellen Mordfall auf dem Tisch", begann er mit seinen Ausführungen, "und der erfordert sehr viel Fingerspitzengefühl!"

"Was und wo?" fragte Birgit, die ihren Chef noch nie leiden konnte, und das zu ändern sie auch keinesfalls jemals vorhatte.

Er war damals einer von wenigen, die sich ablehnend verhielten, als Birgit sich geoutet hatte. Die anderen Kollegen waren anfangs nur etwas verunsichert.

Das hatte sich aber sehr bald gelegt. Sie schätzten Birgit viel zu sehr und sie mochten sie. Birgit war für sie ein feiner Kumpel, mit dem man "Pferde stehlen" konnte. Und im Einsatz war hundertprozentig Verlass auf sie.

Umso mehr war Birgit überrascht, dass ihr "Schmittchen Schleicher", wie ihr Chef unter Kollegen genannt wurde, einen Fall übertragen wollte.

"Heimtückischer Mord im Kloster Rehberg!"

Mit diesen Worten holte KHK Schmitt Birgit aus ihren Gedanken in die Gegenwart zurück.

"Sie leiten die Untersuchung und erstatten mir laufend Bericht!"

"Kann ich KOK Strom mit einbeziehen?" fragte Birgit.

"Das ist mir egal!" antwortete KHK Schmitt, "wichtig ist nur, dass Sie mit aller Sorgfalt und Behutsamkeit vorgehen!"

"Ich mache das immer so!" sagte Birgit, welche die Bemerkung ihres Chefs nicht so richtig einordnen konnte.

"Mag sein", erwiderte KHK Schmitt, "aber in diesem speziellen Fall ist das besonders wichtig!"

"Und darf man fragen warum?"

"Nein!" antwortete Birgits Chef, "dürfen Sie nicht! Machen Sie einfach, was ich Ihnen gesagt habe!"

Dann beugte sich KHK Schmitt über ein vor ihm liegendes Schriftstück, um auf diese Weise zu dokumentieren, dass das Gespräch zu Ende sei.

Birgit stand auf und verließ den Raum. Sie verabschiedete sich mit einem kaum hörbaren "Arschloch", welches, wenn es denn doch gehört werden würde, leicht abzustreiten wäre.

"Und?" fragte Harald, als Birgit zurück war, "was wollte der Boss?"

"Mir einen schönen Tag wünschen!" antwortete Birgit schnippisch, die sich noch mit ihrem Ärger über "Schmittchen Schleicher" beschäftigte.

"Wie meinst du das?" fragte der verunsicherte Kollege.

"Ach Harri", sagte Birgit, "vergiss es!"

Sie bedauerte es, dass sie ihren Frust an Harri ausgelassen hatte, den sie sehr gern hatte, und sie wollte sich bei ihm entschuldigen, aber der "Innere Schweinehund" hieß sie stattdessen sagen:

"Schnapp deine Kanone, es gibt Arbeit!"

****

"Grüß Gott!" sagte KHKin Birgit und hielt der jungen Schwester am Eingangstor ihren Dienstausweis vor die Nase.

"Ich bin KHKin Schwab und das ist mein Kollege, KOK Strom! Bringen Sie uns bitte zu Ihrer Chefin, wir sind angemeldet!"

Die junge "Dienerin des Herrn" öffnete das Tor und hieß die beiden Kriminalbeamten, sie mögen ihr bitte folgen.

Dann führte sie Birgit und Harald durch ein Labyrinth von Gängen bis zu ihrer Chefin, der Äbtissin Hildegard.

"Warten Sie bitte hier!" sagte die junge Nonne, "ich melde Sie an."

"Ehrwürdige Mutter, hier sind zwei Polizeibeamte, die Sie sprechen wollen!"

"Ich weiß, Schwester Agnes", antwortete die Äbtissin, "führen Sie die Herrschaften bitte herein!"

"Die Ehrwürdige Mutter erwartet Sie!" wandte sich die junge Nonne an die beiden Besucher und hielt ihnen die Tür dabei auf.

"Grüß Gott!" sagte Birgit, "ich bin KHKin Schwab..."

Weiter kam sie nicht, denn die "Ehrwürdige Mutter" hatte sie unterbrochen.

"Ich weiß, wer Sie sind!" sagte sie, "Ihr Chef, Herr Schmitt, hat Ihren Besuch bereits telefonisch avisiert!"

Birgit sah in das Gesicht ihres Gegenübers und ihr fiel auf, dass es ein sehr junges Gesicht war, in welches sie gerade blickte.

"Ist etwas nicht in Ordnung?" fragte die Äbtissin.

"Doch, doch!" antwortete Birgit, "entschuldigen Sie!"

"Sie sind überrascht, dass ich noch so jung bin, nicht wahr?"

"Woher wissen Sie das?" fragte Birgit völlig erstaunt, "können Sie Gedanken lesen?"

"Nein, das nicht!" antwortet die Äbtissin, "aber Sie sind nicht die erste, die sich verwundert zeigt, und Sie werden auch nicht die letzte sein. Zumindest nicht in den nächsten Jahren. Wenn ich auf die Sechzig zusteuere, wird sich das von selbst erledigt haben!"

Sie sagte das mit einer solchen Sanftheit, begleitet von einem Lächeln, das Birgit völlig vereinnahmte.

"Eine Frau zum Verlieben", dachte sie, "aber leider schon vergeben und außerdem habe ich ja schon meine Moni..."

"Wollen Sie die Tote sehen?" fragte die Äbtissin?"

"Ja, natürlich!" antwortete Birgit, "aus diesem Grund sind wir ja hier!"

"Aber ich muss Sie warnen!" sagte die Äbtissin, "es ist kein schöner Anblick!"

"Das macht nichts!" entgegnete Birgit, "das sind wir gewöhnt. Das ist unser Beruf!"

"Nun denn, dann bitte ich Sie mir zu folgen!"

"Eine Sache noch, bevor wir gehen", sagte Birgit, "wie ist die korrekte Anrede?"

"Einfach „Frau Äbtissin", Frau Schwab!" antwortete die Äbtissin, "oder soll ich „Frau Kommissarin" sagen?"

"Nein, nein!" antwortet Birgit, "Nennen Sie mich „Frau Schwab", das ist völlig in Ordnung!"

Fast hätte sie geantwortet: "Du kannst mich auch „Biggi" nennen!" so sehr fühlte sie sich zu der "Ehrwürdigen Mutter" hingezogen.

Birgit und Harald folgten der Äbtissin bis in die Kapelle, wo sie die Leiche in einem Sarg aufgebahrt vorfanden. Flankiert von Kerzen lag die tote Ordensfrau in ihrem Habit, als würde sie schlafen.

"Aber Sie sagten doch, dass die Tote kein schöner Anblick wäre?" sagte Birgit.

"Das stimmt auch!" antwortete die Äbtissin.

Wir haben die Ehrwürdige Mutter gewaschen und angekleidet, nachdem wir sie gefunden haben. Wenn Sie die Tote unbekleidet sehen würden, dann wüssten Sie sofort, was ich meine!"

"Was haben Sie gemacht?"

Birgit konnte ihre Erregung nur mit größter Mühe zurück halten.

"Sie haben die Tote nicht so vorgefunden?"

"Nein!" antwortete die Äbtissin. "Wir konnten doch die Altäbtissin nicht in diesem unwürdigen Zustand lassen!"

"Um Gottes Willen!" sagte Birgit, "da wird die „Spusi" aber schön schauen!"

****

"Was hast du für uns, Blochi?"

Birgit und Harald waren zum Gerichtsmediziner gegangen, um erste Untersuchungsergebnisse zu erfragen.

Prof. Dr. Bernhard Bloch sah über den Rand seiner Brille hinweg. Sein Blick wanderte zuerst zu Birgit und dann zu Harald, bevor er sagte:

"Ich habe zwar noch nicht sehr viele Dienstjahre auf dem Buckel; aber was ich hier auf meinem Tisch liegen habe, übertrifft alles bisher Dagewesene bei weitem!"

Birgit mochte Bernhard Bloch sehr. Er war erst vor wenigen Wochen "Professor" geworden und bei einer kleinen, intimen Feier - Gott sei Dank ohne "Schmittchen Schleicher" - hatten sie sich das Du-Wort angeboten.

"Wie meinst du das Blochi?" fragte Birgit.

"Habt ihr schon gefrühstückt?" antwortete der Gerichtsmediziner.

"Jetzt mache es nicht so spannend!" sagte Birgit mit einer Mischung aus Ungeduld und Neugier.

"Dann schaut euch das einmal an!" sagte der Mediziner und zog das Abdecktuch zur Seite.

"Um Gottes Willen!" entfuhr es Birgit voller Entsetzen, "das ist ja grauenvoll!"

Harald griff sich eine Metallschüssel und füllte sie mit seinem Mageninhalt. Als er sich wieder gefangen hatte, sagte er tonlos:

"Wer macht denn so etwas?"

Der Anblick, welcher sich den beiden Kriminalisten darbot, verlangte schon eine tüchtige Portion Nerven.

Beide Brüste der Toten waren abgetrennt und auf dem Bauch, knapp über der Scham, war ein Kreuz in die Haut geritzt.

"Es kommt noch ärger!" sagte Dr. Bloch, "ich habe Spermaspuren bei der Toten gefunden!"

"Das gibt es doch nicht!" sagte Birgit, "die Frau ist fast siebzig Jahre alt!"

"Irrtum ausgeschlossen?" fragte Harald.

"Definitiv!" antwortete Dr. Bloch.

"Hast du sonst noch etwas?" fragte Birgit.

"Leider nein!" antwortete der Gerichtsmediziner, "die Tote wurde gründlich gereinigt!"

"Welche Ironie!" sagte Birgit. "Und das hat noch nicht einmal der Mörder gemacht!"

"Bist du dir da so sicher?" fragte Bloch.

"Wieso fragst du?"

"Nun; vielleicht sitzt der Mörder ja im Kloster!"

****

"Wie war dein Tag?" fragte Monika, als Birgit nach Hause kam.

"Frage lieber nicht!" sagte Birgit und gab Monika einen flüchtigen Kuss.

"Hallo, hallo!" sagte Monika, "begrüßt man so seine Liebste?"

"Entschuldige, Liebling! Du weißt ja nicht, was ich heute erlebt habe!"

"Wie könnte ich?" gab Monika flapsig zurück, "aber ich würde es schon gern wissen!"

"Später vielleicht!" antwortete Birgit. "Ich brauche jetzt erst einmal ein heißes Bad!"

Wenig später ging die Tür zum Badezimmer auf und Monika kam herein. Sie trug nichts, außer zwei Gläser mit Cognac.

"Mach Platz, mein Schatz!" sagte Monika mit einem breiten Grinsen und stieg zu Birgit in die Wanne.

"Und nachher massiere ich deinen geschundenen Körper!"

Birgit musste lachen. Monika schaffte es immer wieder sie aus jedem noch so tiefen Loch heraus zu ziehen. Sie stieß mit Monika an und sagte:

"Ich liebe dich!"

"Wie wollen Sie vorgehen!" fragte KHK Schmitt, als Birgit einen ersten Bericht erstattete.

"Äußerst behutsam und mit sehr viel Fingerspitzengefühl; so wie Sie es gesagt haben!" antwortete KHKin Birgit Schwab.

Sie konnte es sich nicht verkneifen, was ihr Chef sehr wohl bemerkt hatte, jedoch ohne darauf zu reagieren.

"Ich schlage vor, Sie führen die Befragung direkt vor Ort durch!"

"Das ist eine gute Idee!" antwortet KHKin Schwab, und dieses Mal meinte sie es auch so.

"Und erstatten Sie mir weiterhin laufend Bericht!"

Birgit ging zu KOK Strom und sagte:

"Du und ich - Taskforce im Kloster! Alles klar?"

"Yes, Chief Inspector!" antwortete KOK Strom und KHKin Schwab schickte hinterher:

"Harri, hol den Wagen!"

****

"Es tut mir leid, dass wir schon wieder stören müssen..."

Äbtissin Hildegard lächelte, als Birgit diese Worte entschuldigend sagte.

"Das geht schon in Ordnung, Frau KHKin!" sagte die Äbtissin, "Herr Schmitt hat mich schon in Kenntnis gesetzt!"

"Schmittchen Schleicher denkt doch wirklich an alles!" dachte Birgit, sagte aber zu der Äbtissin:

"Bitte, nennen Sie mich Frau Schwab! Oder wenn das nicht zu persönlich für Sie ist, auch einfach nur Birgit!"

"Mache ich gern, liebe Birgit, zumal ich das Gefühl habe, dass wir uns von irgendwo her kennen! Aber dann nennen Sie mich bitte auch „Schwester Hildegard", wenn das für Sie in Ordnung ist!"

Birgit spürte dieselbe Wohligkeit wie bei ihrer ersten Begegnung mit dieser Frau. Sie suchte nach einer Erklärung, konnte aber keine finden.

"Ich habe für Sie und auch für Ihren Kollegen ein Zimmer herrichten lassen", sagte die Äbtissin, "dann müssen Sie nicht immer hin- und herfahren!"

"Das wird nicht nötig sein!" antwortete Birgit; "aber vielen Dank! Viel wichtiger wäre jedoch ein Raum, in welchem wir unsere Befragungen durchführen können!"

"Auch daran habe ich gedacht!" antwortete die Äbtissin, "kommen Sie, ich werde Sie hinführen.

Der Raum, in welchen Birgit und Harald geführt wurden, war perfekt. Sogar ein Drucker war vorhanden. Und ein hauseigenes Telefon.

"Und wenn Sie noch etwas brauchen, dann benützen Sie bitte diesen Apparat!" sagte die Äbtissin und deutete auf das Telefon. Daneben liegt ein Verzeichnis mit allen Nebenstellen!"

"Vielen Dank, Frau Äbtissin!" sagte Birgit, korrigierte sich aber postwendend:

"Ich meine natürlich Schwester Hildegard!"

"Ist schon in Ordnung, liebe Birgit!" sagte die Äbtissin mit einem Lächeln, "dann wünsche ich Ihnen beiden, dass Sie sich wohlfühlen hier bei uns!"

"Das tun wir ganz bestimmt!" antwortete Birgit, und Harald bekräftigte ihre Worte mit einem:

"Ganz bestimmt!"

Als die Äbtissin den Raum verlassen hatte, sah Harald seine Kollegin mit einem hoffnungsfernen Blick an und sagte dann:

"Diesen Fall werden wir wohl nie lösen!"

****

"Nanu; Sie sind ja doch dageblieben!" sagte die Äbtissin, welche Birgit auf einer Bank im Garten sitzen sah.

"Ja!" antwortete Birgit, "ich brauche etwas Ruhe!"

"Soll ich lieber gehen?"

"Nein, so habe ich das nicht gemeint!" sagte Birgit. "Bitte, bleiben Sie!"

Birgit hatte Harald nach Hause geschickt. Er hatte Familie und seine Frau hätte es wohl nicht gutgeheißen, wenn er die Nacht außerhaus verbracht hätte.

Außerdem war sie eine von den wenigen Personen, welche mit der sexuellen Präferenz von Birgit nicht umgehen konnte.

"Wollen wir uns ein wenig unterhalten oder möchten Sie lieber die Stille genießen?" fragte die Äbtissin.

Birgit wandte sich der Frau im Habit zu und schwieg.

"Fragen Sie nur!" sagte die Äbtissin, so als hätte sie Birgits Gedanken gelesen.

"Haben Sie keine Scheu!" fuhr die Äbtissin fort, "die Frage wurde mir schon so oft gestellt, dass ich es gar nicht mehr weiß!"

Birgit war sprachlos. Konnte die Frau in ihren Kopf hinein sehen oder gar in ihr Herz?

"Sie sind so wunderschön!" sagte Birgit und errötete.

"Oh, vielen Dank!" antwortete die Äbtissin. "Und nun fragen sie sich, ob ich keinen Mann abgekriegt habe oder ob ich keinen wollte!"

Birgit hätte sich am liebsten die Zunge abgebissen. Was war nur in sie gefahren, dass sie das gesagt hatte. War sie gerade dabei sich in Schwester Hildegard zu verlieben?

"Die meisten Menschen denken, dass sich eine Frau oder ein Mann eine Kutte nur anzieht, weil er oder sie im normalen Leben nicht zurechtkommt.

Das ist natürlich naheliegend! Viel weniger naheliegend scheint es zu sein, dass man einer Berufung folgt und sich ein Leben wie das meine auferlegt.

Dabei wendet man sich nicht von den Menschen oder der Gesellschaft ab. Man wendet sich Gott und der Liebe zu! Auch wir geben uns diesem Gefühl hin, liebe Birgit!"

Birgit hatte der Äbtissin zugehört und ihre Bewunderung für diese Frau wurde zunehmend stärker.

"Lieben Sie, Birgit? Und werden Sie geliebt?"

"Ja!" antwortete Birgit, völlig überrascht ob dieser Frage.

"Einen Mann oder eine Frau?"

In Birgits Kopf drehte sich alles.

"Wieso stellen Sie mir diese Frage?" sagte sie leicht gereizt. "Das ist eine persönliche und sehr intime Frage!"

"Ich weiß!" antwortete die Äbtissin, "und ich verstehe, dass Sie Ihnen unangenehm zu sein scheint!"

"Das scheint nicht nur so; das ist so!" sagte Birgit und stand abrupt auf.

"Ich wünsche Ihnen eine gute Nacht!"

"Danke, liebe Birgit, das wünsche ich Ihnen auch!"

Birgit hatte das nicht mehr gehört. Sie war eiligen Schrittes hinein gegangen. Als sie in ihrem Zimmer angelangt war, sperrte sie die Tür hinter sich zu und warf sich auf ihr Bett.

Tränen stiegen in ihre Augen und verdichteten sich zu einem heftigen Weinkrampf. Es war sehr lange her, dass sie das letzte Mal geweint hatte und sie befand es in diesem Augenblick als befreiend.

*****

"Ich bin Schwester Scholastika!"

Mit diesen Worten stellte sich eine etwas ältere Schwester vor, welche für die Leitung der Küche verantwortlich war.

"Ich hoffe, es dauert nicht allzu lange, ich muss nämlich das Mittagessen vorbereiten!" sagte Schwester Scholastika mit einem gewinnenden Lächeln.

"Das dauert nicht lange!" antwortete Birgit, "ich habe nur ein, zwei Fragen!"

Schwester Scholastika nickte.

"Sie waren doch bei denjenigen Schwestern, welche die Altäbtissin gefunden haben?"

Schwester Scholastika nickte wieder.

"Wie haben sie die Altäbtissin vorgefunden?"

"Tot!" kam die lapidare Antwort von Schwester Scholastika.

"Das meine ich nicht!" sagte Birgit und musste ein Lachen unterdrücken. Dieses unbedarfte Gemüt konnte sie definitiv aus dem Kreis der Verdächtigen ausschließen.

"Das meine ich nicht, liebe Schwester Scholastika", fuhr Birgit fort. "Wie hat die Tote ausgesehen?"

Schwester Scholastika dachte einen Augenblick nach, so als wolle sie in ihrem geistigen Notizbuch der Erinnerungen blättern.

"Sie war überall mit Blut bedeckt und sie war nackt!"

Birgit wunderte sich, wie gefasst, ja beinahe emotionslos Schwester Scholastika ihre Frage beantwortet hatte.

"Das muss ein rechter Schock für Sie gewesen sein!" sagte Birgit, um ihr Mitgefühl zu bekunden.

"Nein!" antwortete Schwester Scholastika. "Unser Leben ist in Gottes Hand, und er allein bestimmt, wann wir sterben!"

"Aber doch nicht, wie wir sterben!" sagte Birgit.

"Nein! Da haben Sie recht! Das bestimmt der Mensch schon selbst!"

Diese Antwort verwirrte Birgit, und bevor sie nachhaken konnte, sagte Schwester Scholastika:

"Jetzt habe ich alles gesagt, was ich weiß; aber nun muss ich gehen. Die Küche ruft. Ich wünsche Ihnen noch einen gesegneten Tag!"

Sagte es, stand auf, reichte Birgit die Hand und ging hinaus.

"Wie war die Nacht hinter Klostermauern?"

Mit diesen Worten begrüßte Harald, der gerade eingetroffen war, seine Kollegin.

"Finster, Harald!" sagte Birgit, "sehr, sehr finster!"

Birgit hatte noch in der Nacht, bevor sie das Licht ausmachte, ihre Freundin angerufen:

"Schläfst du schon?" fragte Birgit.

"Jetzt nicht mehr!" antwortete Monika lachend, "weißt du eigentlich, wie spät es ist?"

"Ja! Entschuldige bitte!"

"Ach was", sagte Monika, "ich freue mich, dass ich deine Stimme höre!"

Und nach einer kurzen Pause: "Ist alles in Ordnung? Geht es dir gut?"

"Nicht wirklich", antwortete Birgit, "der Fall macht mir sehr zu schaffen. Deshalb bin ich auch hier geblieben. Aber heute Abend komme ich nach Hause!"

"Du weißt schon, dass ich heute Training habe, und dass ich hinterher mit den anderen noch auf ein Glas gehe!"

"Ach ja; hatte ich vergessen!" antwortete Birgit.

Monika machte seit vielen Jahren Kickboxen und ging zweimal in der Woche zum Training. Es wurde sehr oft spät und Birgit schlief meistens schon, wenn Monika nach Hause kam.

"Dann werde ich wohl heute Nacht auch hier bleiben; aber morgen sehen wir uns bestimmt!"

"Ist in Ordnung, Liebling!" antwortete Monika, "und jetzt mach die Augen zu und träum etwas Schönes!"

"Mache ich, mein Schatz!" antwortete Birgit. "Ich hab dich lieb!"

"Ich dich auch!" sagte Monika, hauchte einen Kuss in das Telefon und beendete das Gespräch.

****

Schwester Lioba war in ihrem weltlichen Beruf Schneiderin. Sie trat erst sehr spät in das Kloster ein. Eine enttäuschte Liebe war der Auslöser dafür.

Jetzt arbeitete sie in der Paramentwerkstatt und brachte ihre Fähigkeiten bei der Herstellung von Textilien ein, die im Kirchenraum und bei der Liturgie Verwendung finden.

Die Enttäuschung über die zerstörte große Liebe hatte sie mit in ihr neues Leben genommen, und es war ihr nicht gelungen dieses Gefühl vor den Mauern des Klosters zurück zu lassen.

Birgit sah in ein verhärmtes Gesicht. Es war ein heftiger Kontrast zu dem Gesicht, in welches sie noch am Abend zuvor geblickt hatte.

Schwester Hildegard ging ihr einfach nicht aus dem Kopf. Was hatte sie bewogen ihr diese intime Frage zu stellen.

"Sie wollten mich sprechen?"

Schwester Lioba riss Birgit aus ihren Gedanken.

"Ja! Und vielen Dank, dass Sie gekommen sind!"

"Ich wüsste jedoch nicht, wie ich Ihnen helfen könnte!" sagte Schwester Lioba mit einem stoischen Gesichtsausdruck.

Birgit fragte sich, wann diese Frau das letzte Mal gelächelt oder gelacht haben mag oder ob sie es überhaupt noch kann.

"Sie haben die Tote doch auch gefunden!" sagte Birgit.

"Nein!" antwortete Schwester Lioba, "das stimmt so nicht!"

"Wie war es dann?" fragte Birgit.

"Meine Mitschwester Scholastika hat die altehrwürdige Mutter gefunden und mich dann gerufen!"

"Als sie zu der Toten kamen, wer war da noch anwesend?"

"Schwester Scholastika!"

"Das meine ich nicht! Ich meine: außer Schwester Scholastika!"

"Nur Herr Burger!"

Birgit horchte auf. Davon hatte Schwester Scholastika nichts gesagt. Gut; sie hatte auch nicht explizit danach gefragt.

"Wer ist Herr Burger?" fragte sie Schwester Lioba.

"Das Faktotum des Klosters!"

"Aber sie haben die Tote doch am frühen Morgen gefunden!" sagte Birgit, "ist da der Herr Burger schon im Kloster?"

"Natürlich!" antwortete Schwester Lioba, "Herr Burger schläft doch im Kloster!"

"Interessant!" murmelte Birgit und fuhr fort:

"Wann genau haben Sie die Tote entdeckt; ich meine, wann wurden sie von Schwester Scholastika gerufen?"

"Unmittelbar nach der Prim, glaube ich!"

"Glauben Sie oder wissen Sie? Und was bitte ist die Prim?" fragte Birgit.

"Das ist das erste Gebet des Tages, bevor wir mit unserer Arbeit beginnen!" antwortete Schwester Lioba, "und ja, ich bin mir sicher: es war unmittelbar nach der Prim, also nach 6 Uhr!"

"Hatte Herr Burger vielleicht Blut an seinen Händen oder an seinen Kleidern?"

Birgit starrte in das entsetzte Gesicht von Schwester Lioba.

"Um Gottes willen, nein!" rief sie entsetzt, "Johannes kann keiner Fliege etwas zuleide tun!"

"Sie duzen Herrn Burger?" fragte Birgit, die über die vertraute Nennung des Vornamens von Herrn Burger etwas überrascht war.

"Alle nennen Herrn Burger Johannes", antwortete Schwester Lioba, "warum überrascht Sie das so?"

"Nun, weil hier sonst alles sehr förmlich vor sich geht!" antwortete Birgit.

"Ja, schon!" antwortete Schwester Lioba, "aber wir sind dennoch alle Menschen und Kinder Gottes!"

Birgit ließ es damit bewenden und setzte die Befragung fort:

"Was haben Sie gemacht, als sie bei der Leiche waren?"

"Wir haben sie gewaschen und bekleidet!" antwortete Schwester Lioba.

"War Ihnen nicht bewusst, dass Sie damit alle Spuren des Täters beseitigen?"

"Die Frage stellte sich nicht!" antwortete Schwester Lioba mit einem leichten Anflug von Trotzigkeit. "Wir mussten der altehrwürdigen Mutter Ihre Würde zurück geben!"

"Und haben sich damit strafbar gemacht!" ergänzte Birgit, die Probleme hatte ihren Unmut zurück zu halten.

"Hier drinnen herrschen andere Regeln als in Ihrer Welt!" konterte Schwester Lioba.

"Und dann haben Sie die Leiche vom Tatort weg bewegt!" fuhr Birgit fort. "Wie haben Sie das gemacht?"

"Das hat Johann gemacht. Er hat einen Schubkarren geholt und die altehrwürdige Mutter darin zur Kapelle gebracht!"

Birgits Verstand verfiel gerade in einen hohen Verwirrungszustand. Sie versuchte sich die skurrile Situation vorzustellen, wie zwei Nonnen und ein Faktotum eine tote Nonne in einem Schubkarren durch das Kloster schieben...

"Und wie ging es dann weiter?"

"Wir haben dann die altehrwürdige Mutter vor dem Altar aufgebahrt und geschmückt!"

"Mit „wir" meinen Sie Schwester Scholastika, Herrn Burger und Sie!"

"Nein!" antwortete Schwester Lioba. "Johannes war da nicht mehr dabei. Dafür kamen aber Schwester Susanna und Schwester Samuela!"

"Was für eine Rolle spielten die denn?" fragte Birgit, deren Verwirrung zuzunehmen schien.

"Schwester Susanna arbeitet in der Kerzenwerkstatt und Schwester Samuela ist für die Herstellung von Hostien zuständig!"

"Das mit den Kerzen kann ich ja noch verstehen. Die haben sie wohl aufgestellt und angezündet!" sagte Birgit, "aber für was brauchten Sie die Hostien?"

Birgit hatte sich verkniffen zu sagen: "Haben Sie sich vielleicht bei der Arbeit damit gestärkt?"

Dieser Mordfall lag zweifellos außerhalb jeglicher Norm; wenn es denn so etwas überhaupt gibt.

"Nein!" sagte Schwester Lioba, "Schwester Samuela kann wunderschön singen!"

"Aha!" sagte Birgit, die nun überhaupt nichts mehr verstand. Sie verbot sich selbst weiter nach Schwester

Samuela zu fragen. Die Antwort hätte sie sicher umgehauen.

"Vielen Dank, Schwester Lioba, Sie haben uns sehr geholfen!"

Mit diesen Worten komplimentierte Birgit die Zeugin hinaus.

"Was war das denn?" fragte Harald, welcher der Befragung stumm gefolgt war.

"Ach, Harri!" seufzte Birgit, "ich glaube, wir sind im falschen Film!"

"Soll ich die nächste Zeugin holen?" fragte Harald.

"Nein!" antwortete Birgit, "ich brauche jetzt eine Pause. Ich muss das erst einmal alles verdauen. So schwere Kost ist mein Magen nicht gewohnt!"

"Gut!" sagte Harald, "dann machen wir nach dem Mittagessen weiter. Ich muss noch etwas erledigen, bin aber wieder pünktlich zurück!"

Als Harald gegangen war, hob Birgit den Hörer ab und wählte die Nummer der Äbtissin.

"Hätten Sie ein paar Minuten Zeit für mich, Schwester Hildegard?" fragte sie, und die Äbtissin antwortete:

"Bitte, kommen Sie in mein Büro; ich erwarte Sie!"

Als Birgit der Äbtissin gegenüber saß, bemerkte sie ein Bild an der Wand, das ihr irgendwie vertraut schien.

"Was haben Sie auf dem Herzen?"

"Ich möchte gern mehr über das Kloster, über seine Bewohner und das Leben im Kloster erfahren!"

"Sehr gern, liebe Birgit!" sagte die Äbtissin und lächelte Birgit liebevoll an.

"Aber zuvor möchte ich noch etwas los werden!" sagte Birgit. "Ich möchte mich entschuldigen!"

"Das ist nicht nötig!" antwortete die Äbtissin.

"Doch, doch!" entgegnete Birgit heftig, "ich habe mich kindisch benommen; es tut mir leid!"

Als die Äbtissin bemerkte, dass Birgits Blick immer wieder zu dem Bild hinter ihr wanderte, sagte sie:

"Du kennst dieses Bild; nicht wahr?"

Birgit erschrak. Wieso duzte sie die Äbtissin, und ja, das Bild kam ihr irgendwie bekannt vor.

"Das ist „Haus Rosenhügel", wie es früher einmal ausgesehen hat."

Birgit fühlte, wie sich ihr Herz zusammen krampfte. Erinnerungen wurden wach, und es waren nicht nur schöne.

"Du bist die kleine Birgit Höferer vom Schlafsaal drei!"

"Und dann bist du Eveline! Aber halt, das kann ja nicht sein, du heißt ja „Hildegard" und nicht Eveline!"

"Ich bin es wirklich!" sagte die Äbtissin, "den Namen Hildegard habe ich erst im Kloster angenommen!"

Die beiden Frauen waren aufgestanden und umarmten sich. Tränen standen in ihren Augen. Es waren Tränen der Freude.

Die beiden Mädchen hatten sich damals aus den Augen verloren.

Birgit war die erste, welche das Kinderheim verließ. Sie wurde von einem Ehepaar Schwab adoptiert, das ihr ein glückliches Leben ermöglichte.

Eveline musste noch länger warten; aber irgendwann bekam auch sie neue Eltern. Ein Landgerichtsrat, nebst Gattin, hatten sie auserkoren und alles daran gesetzt ein nützliches Mitglied der Gesellschaft aus ihr zu machen.

Wenn Evelines Jugend auch nicht so sorgenfrei wie die von Birgit verlaufen war, so hatte sie doch nie Grund sich zu beklagen. Neben einer preußischen Erziehung bekam sie auch noch genug Liebe durch ihre Adoptiveltern.

"Ich habe es gestern Abend schon gespürt, dass ich dich kenne!" sagte Eveline, "ich wusste nur noch nicht, woher. Und mit dem Namen „Schwab" konnte ich ja nichts anfangen!"

"Und hast du auch gespürt, dass ich eine Lesbe bin?" fragte Birgit, "oder war das ein Schuss ins Blaue?"

"Kannst du dich noch daran erinnern, wie ich im Heim nächtens zu dir ins Bett geschlüpft bin, weil du wieder einmal geweint hast?" sagte Eveline.

"Und da hast du schon bemerkt, dass ich mich zu Frauen hingezogen fühle?" fragte Birgit. "Das glaube ich dir nicht!"

"Du vergisst, dass ich ein Stück älter bin als du!" entgegnete Eveline.

"Na gut; aber das heißt ja nicht, dass du..."

Birgit hielt inne.

"Soll das bedeuten, dass du auch lesbisch bist?" fragte sie Eveline erstaunt.

"Ja!" antwortete Eveline, "aber - im wahrsten Sinn des Wortes - seit heiligen Zeiten nicht mehr aktiv!"

Birgit hielt sich die Hand vor den Mund. So als wolle sie Worte zurück halten, die in diesem Augenblick gar nicht vorhanden waren.

"Das Wiedersehen müssen wir unbedingt feiern!"

"Finde ich auch!" sagte Eveline. "Bleibst du wieder über Nacht im Kloster?"

"Ja!" antwortete Birgit freudig.

"Dann komme ich am späteren Abend zu dir und bringe uns eine Flasche Messwein mit!"

"Wunderbar!" sagte Birgit, "ich freue mich schon darauf!"

"Wollen wir jetzt noch über das Kloster reden oder lieber ein anderes Mal?"

"Nein, bitte jetzt, wenn es dir passt!" antwortete die Äbtissin.

Und dann erzählte sie, dass der Konvent zur Zeit 17 Schwestern zähle. Dazu kämen noch das Faktotum, Herr Gruber, und Pater Anselm, der Beichtvater des Klosters.

"Wohnt der auch im Kloster wie Herr Gruber?" unterbrach Birgit die Äbtissin.

"Nein!" antwortete die Äbtissin. "Der kommt zweimal in der Woche, um die Beichte abzunehmen!"

"Was habt ihr denn zu beichten, dass der Pater zweimal kommen muss?" fragte Birgit scherzhaft.

"Ihr Weltlichen denkt nur an Sexualität, in Verbindung mit dem Wort Beichte", sagte die Äbtissin, "aber vergesst dabei, dass es noch andere Sünden gibt, wie die Lüge oder der Hochmut!"

Birgit war aufgefallen, dass jetzt nicht mehr ihre Freundin aus Kindertagen zu ihr sprach, sondern eine junge, taffe Leiterin eines Benediktinerklosters.

"Unsere Hauptaufgabe besteht in der Feier der Liturgie und in der eucharistischen Anbetung. Als Benediktinerinnen leben wir nach der Regel des heiligen Benedikt, die im 6. Jahrhundert nach Christus entstanden ist.

Unsere eucharistische Ausrichtung verdanken wir „Mechtilde dé Bar", der Gründerin der Benediktinerinnen vom Heiligsten Sakrament!

ORA - LABORA - LEGE

BETE - ARBEITE - LESE

zur Verherrlichung Gottes und für den Dienst an den Menschen!

Unseren Lebensunterhalt verdienen wir durch Arbeit in der Hostienbäckerei, in der Kerzenwerkstatt und in der Paramentenwerkstatt. Kirchen, welche Interesse haben, werden von uns beliefert.

Das war - in kurzen Zügen - ein Bericht von unserem Klosterleben. Ich hoffe, es hilft dir ein wenig. Ansonsten sehen wir uns heute Abend!"

****

"Sie sind also die Schwester, die so schön singen kann!"

Mit diesen Worten begann Birgit die Befragung von Schwester Samuela. Und noch bevor Schwester Samuela darauf antworten konnte, sagte Birgit weiter:

"Und gut backen können Sie auch!"

"Ja", antwortete Schwester Samuela, "ich bin für die Herstellung der Hostien zuständig!"

"Dann erzählen Sie doch einmal, wie das so war an jenem blutigen Morgen!"

"Es war schecklich!" antwortete Schwester Samuela, "der Anblick der altehrwürdigen Mutter war kaum auszuhalten!"

"Und doch haben Sie geholfen sie zu waschen, zu kleiden und sie in die Kapelle zu kutschieren!"

Harald warf Birgit einen strafenden Blick zu, so als wollte er sagen: "Was ist denn in dich gefahren?"

Birgit gab den Blick zurück, um mit ihren unausgesprochenen Worten zu antworten: "Das hier geht mir gewaltig auf den Senkel!"

Schwester Samuela fing in diesem Augenblick an zu weinen.

Birgit erkannte, dass sie sich im Ton vergriffen hatte. Vor ihr saß eine junge Nonne, die noch nicht so abgebrüht war wie ihre beiden Mitschwestern Scholastika und Lioba.

"Ist ja gut!" sagte sie in ruhigem Ton zu der jungen Frau und fügte hinzu:

"Sie haben einen wunderschönen Namen gewählt. Was bedeutet „Samuela" eigentlich?"

"Das kommt aus dem Hebräischen und bedeutet so viel wie von Gott erhört worden", antwortete Schwester Samuela, die sich wieder gefangen hatte.

"Kann ich Sie noch etwas fragen, Schwester Samuela?"

"Ja, bitte!"

"Wieso waren Sie auch am Tatort?"

"Schwester Susanna hat mich darum gebeten; unsere Zellen liegen direkt nebeneinander!" antwortete Schwester Samuela.

"Ich denke, das genügt für heute!" sagte Birgit und entließ die junge Frau, die sichtlich erleichtert war.

"Die haben Zellen, wie wir auch!" flachste Harald, als Schwester Samuela den Raum verlassen hatte, und er konnte nicht umhin darüber zu lachen.

Nur wenige Augenblicke später klopfte es. Birgit ging zur Tür und öffnete, und sie war nicht wenig erstaunt, als ihr ein Pater gegenüber stand.

"Gott zum Gruß, meine Tochter! Ich soll bei Ihnen vorbei schauen, hat die Äbtissin gesagt!"

"Dann sind Sie Pater Anselm, der Beichtvater!"

"Der bin ich! Was kann ich für Sie tun?"

"Zuerst einmal Platz nehmen, Herr Pfarrer!"

"Pater oder Pater Anselm wäre die korrekte Anrede!" sagte der Gottesmann mit einem Lächeln.

Birgit musste gegen eine aufkommende Übelkeit ankämpfen, als sie den Mann betrachtete:

Den Kopf leicht zur Seite geneigt, die Hände übereinander gelegt, als hielten sie einen kleinen Vogel in der Hand und ein süß-saures Lächeln ergänzten die salbungsvolle Art des Sprechens und machten das Gesamtkunstwerk zu etwas, was Birgit zu tiefst verabscheute: eine schleimige Kreatur in einem Priestergewand.

"Ich möchte Ihnen vorab danken, dass Sie sich die Zeit nehmen, um mir ein paar Fragen zu beantworten!" sagte Birgit und lächelte artig zurück.

"Es wäre mir eine große Freude Ihnen helfen zu können!" antwortete Pater Anselm.

"Wie gut kannten sie die Ermordete?"

Birgit hatte die Bezeichnung bewusst gewählt, wissend, dass sie nicht in das unschuldige, reine Weltbild des Kirchenmannes passte.

Und sie hatte getroffen.

"Ich kannte die Verblichene über viele Jahre..."

Birgit fuhr Pater Anselm in die Parade, indem sie sagte:

"Verblichen ist ein Mensch doch nur, wenn er auf natürlichem Weg diese Welt verlassen hat! Und das ist der Ermordeten nicht gelungen, oder?"

Diese Worte trafen Pater Anselm wie Peitschenhiebe, und er bemühte sich sehr es sich nicht anmerken zu lassen.

"Das ist Auslegungssache, meine Tochter!" antwortete der Pater, den Weg seines süß-sauren Singsangs dabei nicht verlassend.

"Bitte, nennen Sie mich nicht meine Tochter", sagte Birgit in schroffem Ton, "das bleibt meinen Eltern vorbehalten, Pater Anselm!"

Nachdem die Grenzen klar abgesteckt waren, fuhr Birgit fort und kam zu der ihr wichtigen, eigentlichen Frage:

"Haben in den letzen Tagen irgendeine oder auch mehrere Personen bei Ihnen einen Mord gebeichtet?"

Pater Anselm neigte seinen Kopf noch um einige Grade mehr zur Seite und zog seine Mundwinkel noch ein Stückchen höher, bevor er antwortete:

"Das kann und darf ich Ihnen nicht sagen, Frau Kommissar!" triefte es bedauernd aus seinem Mund. "Das Beichtgeheimnis! Sie verstehen?"

Birgit bemerkte, dass sie sich ein Eigentor geschossen hatte. Ihr Blick ging zu Harald, der ihn wohl zu deuten wusste.

"Ich möchte ja keinen Namen von Ihnen, Pater Anselm!" startete Birgit einen weiteren Versuch, "nur ob oder ob nicht!"

"Das Beichtgeheimnis, Frau Kommissar! Ich bin daran gebunden; es tut mir sehr leid!"

"An dieser Lüge sollst du ersticken, du Wurm!" dachte Birgit, und sie fühlte eine Welle der Zorns in sich aufsteigen.

"Vielen Dank, Pater Anselm und auf Widersehen!"

****

"Ich hoffe, du magst Wein!" sagte Eveline, als sie in das Zimmer von Birgit eintrat.

Das Kloster beherbergte manchmal Gäste, die zu einem Seminar verweilten, und hatte einige frühere Zellen, die nicht mehr belegt waren, zu Gästezimmern umfunktioniert.

"Ich trinke alles!" sagte Birgit, "Hauptsache Alkohol!"

Die beiden Frauen lachten.

"War dein Tag erfolgreich und hast du schon den Mörder?" fragte Eveline.

"Weder das eine noch das andere!" antwortete Birgit. "Das Schlimmste jedoch war eine Begegnung der dritten Art!"

"Pater Anselm!" kam es spontan aus Evelines Mund.

"Pater Anselm!" bestätigte Birgit. "Wie hältst du diesen Menschen nur aus?"

"Ich betrachte ihn als Prüfung, der ich mich zweimal in der Woche aussetzen muss!" antwortete Eveline mit einem Grinsen. "Aber jetzt lass uns über uns reden!"

"Eine Sache noch!" sagte Birgit, "wenn du erlaubst!"

"Also gut; aber dann wird gefeiert!"

"Ihr habt doch ein Faktotum im Kloster, Herrn Burger, der auch hier schläft."

"Ja! Was ist mit ihm?"

"Genau das möchte ich von dir wissen."

Eveline sah Birgit einen Moment lang an, bevor sie antwortete:

"Johannes ist ein fleißiger Mann, der für das Kloster unentbehrlich ist! Er ist schon viele Jahre hier und ich kann nichts Schlechtes über ihn sagen!"

"Hatte er auch mit der Altäbtissin zu tun?"

Wieder zögerte Eveline.

"Du wirst es ja doch erfahren", sagte sie, "es wird gemunkelt, dass die beiden etwas miteinander hatten!"

"Was?" platze Birgit heraus, "in diesen heiligen Mauern?"

"Nicht so laut!" flüsterte Eveline, "oder willst du, dass uns jemand hört?"

"Das kann ich gar nicht glauben!" sagte Birgit, "das ist ja monströs!"

"Wieso ist Liebe monströs?" fragte Eveline. "Das ist ein Urgefühl, welches jedem Menschen innewohnt!"

"Jetzt brauche ich erst einmal einen Schluck!" sagte Birgit und deutete auf die Flasche hin, welche Eveline noch immer in den Händen hielt!

Eveline goss ein und dann öffneten die beiden ein Album der Erinnerung, das voller Bilder war.

"Lebst du allein oder hast du jemanden?" fragte Eveline die Freundin.

"Ich lebe mit einer Frau zusammen!" antwortete Birgit und zeigte Eveline ein Bild auf ihrem Smartphone. "Sie heißt Monika und ist Lehrerin!"

"Das freut mich für dich!" sagte Eveline. "Aber wieso bist du jetzt nicht bei ihr?"

"Sie hat heute Training!" antwortete Birgit, "aber ich wäre heute auch so hier geblieben!"

Die Blicke der beiden Frauen bündelten sich und wurden zu einem dicken Strang.

"Es ist schon spät!" sagte Birgit. "Ich glaube, ich muss jetzt ins Bett! Bleibst du noch so lange, bis ich eingeschlafen bin?"

Und bevor Eveline antworten konnte, begann Birgit sich auszuziehen und ins Bett zu legen.

"Du schläfst immer noch gern nackt!" sagte Eveline, "so wie früher!"

"Ja!" antwortete Birgit und ihre Stimme war so sehnsuchtsvoll wie ihr Blick.

"Leg dich zu mir, Evi!" sagte Birgit und sie benützte den Kosenamen, den sie vor vielen Jahren zum letzten Mal verwendet hatte. "Dann habe ich auch keine Angst mehr!"

Eveline streifte ihr Habit ab und legte sich zu Birgit.

"Ich will dich!" sagte sie und ihre Hände griffen nach Birgits Körper.

"Lässt sich das mit deinem Gelübde vereinbaren?" fragte Birgit, die das nicht erwartet hatte. Sie wollte ihre Freundin einfach nur spüren, von ihr in den Arm genommen werden; aber nicht mehr.

"Liebe ist von Gott gewollt und die Lust ist ihre kleine Schwester. Ich werde das mit meinem Gott schon klären!"

****

"Guten Morgen, Lieblingskollege Strom!"

"Nanu!" sagte Harald, "so früh am Morgen und so gut gelaunt?"

"Ja, Herr Kriminaloberkommissar! Ich habe herrlich geschlafen und ich habe Dynamit gefunden!"

"Wie meinst du das?"

"Das Faktotum und die alte Äbtissin hatten ein Verhältnis!"

"Ist nicht wahr!" sagte Harald, "ich werde verrückt!"

"Ja, ja...", sagte Birgit, "wir sind halt alle nur Menschen!"

"Soll ich den Lustmolch holen?" fragte Harald.

"Nein!" antwortete Birgit, "sonst merkt er, dass wir ihn auf dem Radar haben. Du fährst sofort zum Staatsanwalt und besorgst einen Durchsuchungsbeschluss für seine Kammer. Und sage dem Staatsanwalt, dass Gefahr im Verzug ist. Und beeile dich!"

****

Schwester Susanna war die letzte im Bunde, welche Birgit zur Befragung einbestellte.

"Sie sind die Schwester, welche die schönen Kerzen herstellt!" begrüßte Birgit Schwester Susanna.

Schwester Susanna errötete leicht ob des Kompliments.

"Das hat noch niemand zu mir gesagt!"

"Aber wenn es doch so ist!" entgegnete Birgit.

Sie hatte beschlossen einen Gang herunter zu schalten, zumal sie endlich einen Verdächtigen hatte.

"Schildern Sie mir doch bitte, was Sie aus jener verhängnisvollen Nacht noch in Erinnerung haben!"

Schwester Susanna berichtete, dass sie mit Schwester Samuela zum Tatort geeilt sei, und dass sie dann den Anordnungen von Schwester Scholastika gefolgt sei.

Und dass sie Kerzen geholt und aufgestellt hatte, nachdem die altehrwürdige Mutter in der Kapelle aufgebahrt worden war.

Birgit hörte nicht wirklich zu. Sie folgte nur einem Ablauf, wie es bei einem Mordfall üblich war: Befragung aller Zeugen, Motivsuche und Erstellen eines Berichts.

Ihre Gedanken rankten sich noch immer um die vergangene Nacht. Sie hatte schon so einige Liebesnächte mit den verschiedensten Partnerinnen erlebt, und das Sexualleben mit Monika war mehr als erfüllend. Aber was in der vergangenen Nacht passierte, übertraf alles bisher Dagewesene.

****

"Hallo, Moni!"

"Hallo, Liebling! Warum so förmlich? Ist alles in Ordnung?"

Birgit hatte in der Mittagspause Monika angerufen.

"Alles bestens!" antwortete Birgit. "Wie war das Training?"

"Wie immer!" sagte Monika, "anstrengend; vor allem hinterher!"

"Ist es wieder spät geworden?" fragte Birgit.

"Ja; auch wie immer!" lachte Monika. "Und gibt es bei dir etwas Neues?"

"Du weißt, dass ich dir das nicht sagen darf!"

"Kommst du heute Abend nach Hause?" fragte Monika weiter.

"Hab ich dir ja gesagt!" antwortete Birgit.

"Das ist fein! Soll ich uns etwas kochen oder wollen wir vielleicht zum Italiener gehen?"

"Nein, ich möchte lieber zuhause bleiben!"

"Alles klar! Ich koche uns etwas Gutes und dann lasse ich uns ein Bad zum Entspannen ein. Und vielleicht gibt es hinterher noch eine gute Massage!"

Was die Bemerkung mit der Massage betraf, so wusste Birgit genau, was Monika damit verband. Und so sehr sie es immer genossen hatte, so wenig verspürte sie jetzt etwas Wünschenswertes damit.

"Das sehen wir dann alles, wenn ich zuhause bin!" sagte Birgit etwas lustlos. Monika hatte es bemerkt und sagte:

"Ist wirklich alles in Ordnung? Du wirkst irgendwie müde!"

"Alles bestens!" antwortet Birgit, "es ist nur die Arbeit!"

"Dann ist es ja gut!" sagte Monika, "bis heute Abend, mein Liebling und fahre vorsichtig!"

"Mache ich!" sagte Birgit und beendete das Gespräch.

****

Es war keine besondere Überraschung, dass im Zimmer von Johann Gruber ein Messer gefunden wurde, das zum Profil der Stichwunde in der Brust der Toten passte. Der Mörder hatte gezielt in das Herz der Altäbtissin gestochen; sie war auf der Stelle tot.

Harald war noch am selben Nachmittag mit dem Durchsuchungsbeschluss zurück gekommen.

Johann Gruber ließ sich willenlos festnehmen. Zur ersten Befragung sagte er jedoch kein Wort.

Birgit und Harald waren erleichtert, dass der Spuk vorüber war. Sie hatten schon nicht mehr daran geglaubt den Fall lösen zu können.

Schmittchen Schleicher war voll des Lobes für seine Beamten, steckte sich den Erfolg jedoch an sein Revers, hatte er doch das feine Händchen eine Frau mit der Bearbeitung dieses diffizilen Mordfalls zu beauftragen.

****

"Ich freue mich, dass Sie den Fall so schnell lösen konnten, bedauere aber auch, dass unsere Zusammenarbeit hiermit endet!" sagte die Äbtissin zu Birgit. "Sie haben sehr viel Feingefühl gezeigt, wofür ich Ihnen ausdrücklich danken möchte!"

Birgit hätte sich gerne allein von ihrer Freundin verabschiedet, das wurde aber von Harald unwissentlich vereitelt.

Er war ihr einfach nicht mehr von der Seite gewichen, seit die Kollegen den Mörder in Handschellen abgeführt hatten. Auf der Rückfahrt suhlte sich KOK Strom förmlich in ihrem Erfolg.

"Von wegen „Feingefühl", sagte er zu Birgit, "wenn ich an den Pater denke..."

"Halt einfach die Klappe, Harri!" sagte Birgit, und Birgit sagte es so, dass es Harald auch verstehen konnte.

Die Äbtissin hatte den beiden zum Abschied ein Kuvert übergeben mit der Bemerkung, es handle sich um ein kleines "Dankeschön".

Der Inhalt der beiden Kuverts war jedoch verschieden. Währen Harald eine Art „Heiligenbild mit Sinnspruch" erhielt, lag in Birgits Kuvert ein Brief:

"Liebe Biggi!
Es mag ein Zufall sein, der uns nach so vielen Jahren der Trennung wieder zusammen geführt hat oder auch nicht. Ich denke, es ist kein Zufall sondern Fügung. Ich gebe dir fürsorglich meine Handynummer, unter der du mich Tag und Nacht erreichen kannst.
Ich werde immer für dich da sein, kleine Biggi, und ich hoffe sehr, dass wir uns nie mehr aus den Augen verlieren werden!
In Liebe Deine Evi" (0123 4567 8901)

"Ich bin sehr froh, dass du wieder da bist; ich habe dich so vermisst!" sagte Monika und küsste ihre Freundin.

Birgit reagierte auf die herzliche Begrüßung eher zurückhaltend.

"Deine Wiedersehensfreude ist nicht gerade überwältigend!" sagte Monika und der Gesichtsausdruck ließ ihre Enttäuschung deutlich erkennen.

"Entschuldige Moni!" sagte Birgit, "ich bin einfach nur erledigt. Die letzten Tage sind schon sehr an die Substanz gegangen!"

"Ich muss mich entschuldigen, mein Liebling, dass ich so unsensibel bin!" erwiderte Monika und nahm Birgit in den Arm.

"Du wirst sehen, ein gutes Essen, ein entspannendes Bad und meine Spezialmassage werden dich wieder auf Vordermann bringen!"

Birgit lächelte.

"Was hast du denn Feines gekocht?" fragte sie.

"Riechst du es nicht?" fragte Monika.

"Coq au vin?" fragte Birgit.

"Jetzt bin ich aber erleichtert!" sagte Monika und lachte, "ich hatte schon Angst, du hättest deinen Geruchssinn verloren!"

Nach dem Essen ging Monika ins Bad, um Wasser in die Wanne einzulassen.

"Kommst du, Liebling!" rief sie nach Birgit. "Jetzt kommt das Bad und danach die Massage! Freust du dich schon darauf?"

"Ja, sehr!" antwortete Birgit; "aber bitte ohne Massage. Ich bin einfach viel zu müde. Ich möchte nur noch schlafen!"

"Das verstehe ich!" sagte Monika. Ihre Stimme und der Ausdruck in ihrem Gesicht bestätigten dies aber nicht.

"Soll ich dir vielleicht ein Glas Wein bringen oder ein Glas Sekt?" fragte Monika.

"Nein, danke!" antwortete Birgit, "lass mich einfach nur eine Weile in der Wanne entspannen und dann ab ins Bett!"

Als Birgit wenig später im Bett lag, führten sie ihre Gedanken ins Kloster. Sie sah Eveline vor ihren Augen und sie spürte ihren weichen Körper.

Monika empfand den Gutenachtkuss ihrer Freundin zuvor als kein gutes Zeichen...

"Der Medizinmann will uns unbedingt sehen!" sagte Harald und legte den Hörer auf.

"Was will er?" fragte Birgit.

"Hat er nicht gesagt!"

"Dann werden wir ihn jetzt einmal fragen, was er will!" sagte Birgit.

Dr. Bloch begrüßte die beiden Kriminalisten.

"Hallo Biggi!" sagte er mit strahlender Miene, "schön dass du gleich gekommen bist!"

Für die Begrüßung von Harald verwendete der Doktor nur ein leichtes Kopfnicken.

"Hallöchen, Blochi!" sagte Birgit, die sich über das Wiedersehen mit dem Gerichtsmediziner sichtlich freute. "Was ist denn so dringend, dass wir bei dir erscheinen sollen?"

"Eine Ungereimtheit oder vielleicht sogar zwei!" antwortete Dr. Bloch.

"Mach es bitte nicht so spannend!" sagte Birgit, "und erzähle schon, was los ist!"

"Wie alt ist euer Verdächtiger?" fragte Dr. Bloch.

"Sie meinen wohl den Täter und nicht den Verdächtigen?" mischte sich jetzt Harald ein, der sich ein wenig übergangen fühlte. "Johann Burger ist eindeutig der Täter!"

"Da wäre ich mir nicht so sicher, Schmitt!"

Die Tatsache, dass der Doktor ihn siezte und einfach nur „Schmitt" nannte, nagte schon sehr an Haralds Selbstbewusstsein.

Es war auch nicht richtig, dass der Doktor am Telefon gesagt hatte, er wolle beide sehen. Genau genommen hatte er nur nach Birgit gefragt.

"Also, wie alt ist Herr Burger?" fragte Blochi noch einmal.

"Ich weiß es momentan nicht ganz genau", sagte Birgit, "aber auf jeden Fall über sechzig!"

"Dann ist er sehr wahrscheinlich nicht der Mörder!"

"Was?"

Harald hatte es förmlich hinaus geschrien.

"Das ist doch völliger Quatsch! Wir haben das Geständnis des Mannes! Sie sind völlig auf dem Holzweg!"

Blochi sah Birgit an und er erkannte den zunehmenden Zweifel in ihrem Gesicht.

"Wir haben kein Geständnis, Harri!" sagte sie leise, "Herr Burger hat nicht gesagt, dass er nicht der Täter ist. Ein Geständnis ist etwas anderes!"

"Spielst du jetzt auch verrückt!" sagte Harald laut, der sich seinen Täter auf gar keinen Fall wieder wegnehmen lassen wollte. "Burger ist der Mörder und basta!"

"Beruhige dich erst einmal!" sagte Birgit zu Harald und zu Dr. Bloch:

"Du sprachst doch von mehreren Ungereimtheiten! Was hast du?"

"Diesen Blödsinn muss ich mir nicht länger anhören!" sagte Harald und verließ wutschnaubend die Arena wie ein verwundeter Stier.

"Wie hältst du es nur aus mit diesem Choleriker?" sagte Dr. Bloch, "der ist ja völlig unberechenbar."

"Harald ist schon in Ordnung!" sagte Birgit, "er ist ein guter und verlässlicher Kollege, und ich arbeite sehr gern mit ihm zusammen!"

"Du musst es ja wissen!" sagte Dr. Bloch, "doch nun zu den Ungereimtheiten:

"Wir sind uns doch einig darüber, dass dieser Mord eher ein Gemetzel war als ein reines Tötungs-delikt. Das ist die Tat eines Wahnsinnigen oder eines Fanatikers. Es könnte sich aber auch um einen Racheakt handeln oder der Mord hat religiösen Hintergrund!"

"Du denkst an das eingeritzte Kreuz!" sagte Birgit.

"Ja!" antwortete Blochi und fuhr fort:

"Führe dir jetzt einmal Herrn Burger vor Augen, und dann frage dich, ob dieser Mann ein Fanatiker ist, der - völlig außer Kontrolle geraten - einen solchen Mord begehen kann!"

"Das fällt mir schwer; das muss ich zugeben!" antwortete Birgit, "aber warum hat er sich bei der Verhaftung nicht gewehrt?"

"Das musst du ihn schon selber fragen!" antwortete Dr. Bloch.

"Du sprachst doch von mehreren Ungereimtheiten, was hast du denn noch?"

"Das betrifft die Ejakulat, das wir bei der Toten gefunden haben!" antwortete Dr. Bloch, "das ist irgendwie komisch!"

"Komisch?" fragte Birgit, "wie meinst du das?"

"Das Ejakulat eines jungen Mannes besitzt eine größere Dynamik als das eines älteren Mannes!"

"Das verstehe ich; aber auch wieder nicht!" sagte Birgit verunsichert. "Kannst du das etwas präzisieren?"

"Natürlich!" antwortete Dr. Bloch. "Wenn ein junger Mann eine Frau penetriert und dann in sie hinein ejakuliert, dann dringen die Spermien recht tief in Vagina und Richtung Uterus ein!"

"Geht das auch mit weniger Latein, Herr Professor!" sagte Birgit, die sehr wohl alles verstanden hatte. Obwohl die Angelegenheit einer gewissen Ernsthaftigkeit unterworfen war, so konnte sie nicht umhin, Freund Blochi ein wenig zu verunsichern.

"Was ich meine...", begann Dr. Bloch, der sogleich von Birgit unterbrochen wurde.

"Ich habe schon verstanden, Blochi!" sagte Birgit mit einem Augenzwinkern, "fahre bitte fort!"

"Ihr jungen Leute habt einfach keinen Respekt mehr!" sagte Dr. Bloch, und er setzte seine Ausführungen fort:

"Hingegen ist das Ejakulat eines älteren Herrn schon recht träge!"

Und nach einer kurzen Pause: "Verstehst du, was ich damit sagen will?"

"Nicht im Geringsten!" antwortete Birgit wahrheitsgemäß.

"Dann muss ich es dir wohl erklären!" sagte Dr. Bloch.

"Hätte die Penetration der Toten durch Herrn Burger stattgefunden, dann wäre das Sperma niemals so weit in den Körper der Toten eingedrungen!"

"Bist du dir da ganz sicher?" fragte Birgit überrascht.

"Ziemlich sicher!" antwortete Dr. Bloch.

"Das ist mir zu wenig!" sagte Birgit.

"Das muss aber reichen; denn mehr gibt es nicht!"

Birgit dachte einen Moment lang nach und sagte dann:

"Ich werde Herrn Burger noch einmal befragen, vielleicht bekomme ich dann Gewissheit. Ich weiß nur noch nicht, wie ich das Schmittchen Schleicher beibringen soll...

****

Bevor Birgit nach Hause fuhr, machte sie noch bei einem Blumenladen Halt. Sie kaufte einen Strauß gelbe Rosen, die Lieblingsblumen von Monika.

"Für dich, mein Schatz!"

"Du bist süß!" sagte Monika, als sie die Blumen entgegen nahm, "ich habe schon geglaubt, du liebst mich nicht mehr!"

"Ich weiß, ich war gestern etwas kurz angebunden! Ich hoffe, du kannst mir verzeihen!"

"Schon geschehen!" sagte Monika und gab Birgit einen Kuss.

"Können wir die Massage heute nachholen?" fragte Birgit mit einem schelmischen Lachen.

"Mal sehen!" sagte Monika, "wenn du recht artig bist!"

Der Abend verlief in gewohnten Bahnen. Die beiden Frauen sahen sich einen Videofilm an, tranken ein paar Gläser Wein und widmeten sich dann ihrer Massage.

Als die beiden schweißgebadeten Körper später nebeneinander lagen, sagte Birgit, wie aus heiterem Himmel:

"Die haben dort Gästezimmer im Kloster. Da könnten wir doch einmal Urlaub machen!"

"Wie kommst du ausgerechnet jetzt darauf?" fragte Monika ganz erstaunt.

"Einfach so!" antwortete Birgit und war sich im selben Augenblick bewusst, dass sie in ihrem Unterbewusstsein gerade mit Eveline geschlafen hatte.

****

"Guten Morgen, Herr Burger!" sagte Birgit, als sie den Verhörraum betrat. Sie stellte einen Becher mit

Kaffee vor ihn hin und legte eine Fotografie der Toten daneben.

Als Johann Burger das Foto erblickte, sackte er in sich zusammen. Tränen rannen ihm über das Gesicht, als er vor sich hin murmelte:

"Warum macht jemand so etwas?"

Birgit nahm das Foto an sich und sagte:

"Ich werde mich dafür einsetzen, dass Sie schnellstmöglich entlassen werden. Es tut mir so leid!"
"Das darf doch nicht wahr sein!" tobte der Erste KHK, als er von Birgit die Neuigkeit erfuhr.

"Erst bringen Sie mir den Täter, und dann nehmen Sie ihn mir wieder weg? Wie stehe ich denn da?"

"Die neuen Fakten liegen erst seit kurzem auf dem Tisch; ich kann auch nichts dafür!" versuchte Birgit sich zu rechtfertigen.

"Aber wieso hat dieser Trottel ein Geständnis abgelegt, wenn er gar nicht der Mörder ist?"

Schmittchen Schleicher konnte und wollte sich einfach nicht beruhigen.

"Der Mann heißt Johann Burger und ist weder ein Trottel noch der Mörder!" konnte sich Birgit nicht verkneifen zu sagen.

Was sie sich allerdings verkniff, war der Zusatz: "Der Trottel sind eher Sie, Herr Hauptkommissar!"

"Sind die neuen Beweise wenigstens hieb- und stichfest?" fragte KHK Schmitt.

Birgit war überrascht, dass ihr Chef ihre Bemerkung unkommentiert gelassen hatte.

"Das ist nicht so einfach, Herr Hauptkommissar!" antwortete Birgit.

"Und wieso nicht?"

"Weil man nicht unbedingt von Beweisen sprechen kann; eher von Vermutungen. Jedoch mit einem sehr hohen Wahrscheinlichkeitsgrad!"

"Das zerpflückt Ihnen die Staatsanwaltschaft mit links!" sagte KHK Schmitt, "damit kommen Sie nicht durch! Und dann ist ja auch noch die Tatwaffe, die wir bei Herrn Burger gefunden haben!"

Birgit musste sich eingestehen, dass ihr Chef leider recht damit hatte.

"Können Sie trotzdem die Freilassung des Mannes veranlassen?" fragte Birgit, sehr wohl wissend, dass das nicht möglich sein würde.

"Nicht aufgrund der neuen Erkenntnisse, von denen wir nicht wissen, was sie wirklich wert sind!"

"Ich habe es mir fast gedacht; Chef!"

Birgit traute ihren Ohren nicht, als sie ihren Chef sagen hörte:

"Es tut mir leid, Schwab, aber Sie kennen die Spielregeln. Bringen Sie mir einen neuen Täter, und wenn möglich, dieses Mal den richtigen!"

*****

Birgit machte auf dem Nachhauseweg einen kleinen Abstecher an den Fluss. Sie kam ab und zu hierher, wenn sie den Kopf leer kriegen wollte.

Sie setzte sich auf eine Bank und wählte die Nummer des Klosters.

"Hier spricht KHKin Schwab. Ich möchte gern die Frau Äbtissin sprechen!"

"Das geht im Augenblick leider nicht; sie ist nicht in ihrem Zimmer!" kam nach kurzer Zeit die Antwort.

"Dann versuche ich es später noch einmal!"

Birgit hätte gern die Nummer von Evelines Handy angerufen, hatte aber den Brief nicht bei sich, den ihr Eveline zum Abschied mitgegeben hatte.

Wenige Minuten später läutete Birgits Telefon.

"Du wolltest mich sprechen?"

Es war Eveline, die sie anrief.

"Warum rufst du mich nicht auf dem Handy an?" sagte sie, "ich habe dir doch meine Nummer gegeben!"

"Weil ich sie nicht bei mir habe!"

"Ach so! Es ist schön, dass du anrufst. Ich freue mich sehr! Wie geht es meiner kleinen Biggi?"

"Warum nennst du mich ständig kleine Biggi", fragte Birgit.

"Weil du nie aufgehört hast meine kleine Biggi zu sein; auch als ich dich aus den Augen verloren hatte!" antwortete Eveline. "Aber wenn du das nicht möchtest..."

"Doch, doch!" beeilte sich Birgit zu sagen, "nenne mich weiter so! Es fühlt sich gut an; bitte tu es!"

"Was hast du auf dem Herzen?"

"Ich habe eine gute und eine schlechte Nachricht!" begann Birgit, "die gute Nachricht ist, dass Herr Burger sehr wahrscheinlich unschuldig ist und die schlechte, dass seine Enthaftung noch etwas dauern wird!"

"Das ist ja wunderbar!" sagte Eveline. "Das wäre direkt ein Grund zu feiern. Möchtest du vielleicht vorbei kommen?"

"Das muss ich sogar!" sagte Birgit.

"Wie schade!" sagte Eveline, "und ich habe geglaubt, du würdest freiwillig kommen!"

Die beiden Frauen lachten und Birgit fühlte eine so wunderbare Nähe zu Eveline, als würde sie neben ihr auf der Bank sitzen.

"Ich müsste Pater Anselm noch einmal befragen. Welches sind die Tage, an denen er zu euch ins Kloster kommt?"

"Dienstag und Donnerstag!" antwortete Eveline.

"Das trifft sich gut!" sagte Birgit, "das sind auch die Tage, an denen Monika zum Training geht.

"Heißt das, dass du auch hier nächtigen wirst?" fragte Eveline, und in ihrer Stimme schwang eine zarte Hoffnung mit.

"Wenn es dir recht ist?" sagte Birgit.

"Wie kannst du fragen!" sagte Eveline, "sehr sogar; ich stelle schon einmal den Messwein kalt!"

****

Als Birgit nach Hause kam, wurde sie von Monika bereits erwartet. Als sie ihr einen Kuss geben wollte, wich ihr Monika aus.

"Was hast du?" fragte Birgit.

"Nichts!" antwortete Monika, "ich habe nur ein wenig Kopfschmerzen!"

Das Abendessen verlief in einer frostigen Atmosphäre.

"Hast du morgen Abend Training?"

"Natürlich!" antwortet Monika, "das weißt du doch!"

"Das trifft sich gut!" sagte Birgit, "denn ich muss morgen noch einmal zu einer Befragung ins Kloster!"

"So, so!" sagte Monika in einer leicht zynischen Weise, "so nennt man das also: Befragung!"

"Was ist los mit dir?" fragte Birgit, der das Verhalten von Monika allmählich seltsam vorkam.

"Von wegen Befragung!" stieß Monika wütend hervor, "du besuchst diese Klosterschlampe!"

"Bist du übergeschnappt?" rief Birgit entsetzt, "was redest du da für einen Mist!"

"Mist nennst du das?" schrie Monika hysterisch und fuchtelte wie wild mit Evelines Brief an Birgit herum.

"Wo hast du das her?" schrie Birgit Monika an. "Gib mir sofort den Brief!"

"Da hast du deinen Brief!" rief Monika, indem sie ihn zerriss und Birgit entgegen schleuderte.

Birgit beugte sich nieder, um die einzelnen Teile aufzugsammeln.

"Das hättest du nicht tun sollen!"

Birgits Augen waren weit aufgerissen.

"Pack dir ein paar Sachen und verschwinde! Ich will dich eine Weile hier nicht mehr sehen!"

"Das hätte ich sowieso getan. Du hast mich betrogen; du hast unsere Liebe verraten. Ich hasse dich!"

Birgit kauerte auf dem Boden, die Papierschnipsel in ihren Händen und schluchzte.

Als Monika mit ihrem Koffer die Treppe herunter kam, sagte sie:

"Warum bist du so gemein; ich verstehe dich nicht mehr. War das gestern Abend nur Lüge?"

"Dasselbe könnte ich dich fragen, mein Liebling!" antwortete Monika und zog die Tür ins Schloss.

"Soll ich nicht doch lieber mitfahren?" fragte Harald. Er war enttäuscht, als Birgit ihm sagte, sie wolle die Befragung von Pater Anselm allein durchführen.

"Nein, Harri!" antwortete Birgit, "ich möchte, dass du alle Fakten noch einmal durch gehst. Wir müssen irgendetwas übersehen haben! Und Blochi soll sich die Tatwaffe noch einmal genau ansehen!"

"Na gut!" brummte Harald. Er hatte es einfach noch einmal versuchen wollen.

****

"Es tut mir so leid!" stand in der SMS, die Monika an Birgit geschickt hatte. "Meine verdammte Eifersucht.

Mir ist natürlich klar, dass diese Eveline mit dem lieben Gott verheiratet ist und eine Lesbe nicht zu ihrem Beuteschema gehört. Bitte, verzeih mir!"

Und Birgit hatte geantwortet:

"Ich verzeihe dir! Aber ich möchte ein paar Tage für mich allein sein. Und ein bisschen Strafe muss schon sein, du dummes Ding!"

****

"Wie geht es Ihnen, Frau Hauptkommissarin?"

Mit diesen Worten begrüßte die Äbtissin KHKin Schwab, als sie im Kloster ankam. Sie war zur Pforte gekommen, um Birgit zu begrüßen.

"Ich habe Pater Anselm schon davon in Kenntnis gesetzt, dass Sie noch ein paar Fragen an ihn haben. Er wird Ihnen nach der Beichte, d.h. so gegen 18 Uhr zur Verfügung stehen!"

"Vielen Dank, Frau Äbtissin, dass Sie es einrichten konnten!" antwortet Birgit brav und hatte Mühe ernst dabei zu wirken.

Am liebsten wäre sie Eveline um den Hals gefallen, so sehr freute sie sich, dass sie ihre Freundin wiedersah.

"Ich möchte Sie bitten mit in mein Büro zu kommen. Es wären meinerseits noch einige Dinge zu klären!"

"Sehr gern, Frau Äbtissin!" sagte Birgit und hätte am liebsten einen Knicks dabei gemacht. Doch sie zog es vor ihren Übermut zu beherrschen.

Als die Tür zum Büro geschlossen war, fielen sich die beiden Frauen um den Hals. Birgit wollte die Freundin küssen, was diese aber ablehnte.

"Bitte nicht im Habit und nicht in diesem Büro!"

"Vielen Dank, Pater Anselm, dass Sie sich zur Verfügung stellen!"

Der Priester war kurz nach 18 Uhr erschienen und hatte sich Birgit gegenüber gesetzt.

"Sie haben noch weitere Fragen in der leidigen Angelegenheit?" sagte er in gewohnt süffisantem Tonfall.

Birgit hatte sich fest vorgenommen den Provokationen des Gottesmannes - seine Körperhaltung und Sprache betreffend - zu widerstehen, schaffte es aber nicht wirklich.

"Leidig ganz sicher, Herr Pfarrer", antwortete sie, "Angelegenheit eher nein! Wir untersuchen nach wie vor einen abscheulichen Mord, der in diesen heiligen Mauern verübt wurde!"

Damit waren die Visiere herunter geklappt und das Turnier konnte beginnen.

"Wo waren Sie am 14. dieses Monats, in der Zeit zwischen 23:00 Uhr und 01:00 Uhr morgens?"

Mit dieser Frage startete Birgit einen Frontalangriff. Pater Anselm kam altersmäßig für den Mord in Frage, obwohl sein Verhalten eher auf Pädophilie hin deutete, als auf das Begehren einer alte Nonne.

"Fragen Sie mich das ernsthaft?" sagte der Pater, dem das Entsetzen deutlich ins Gesicht geschrieben stand.

"Sehen Sie mich vielleicht lachen?" antwortete Birgit, und das fühlte sich für sie richtig gut an.

Pater Anselm rückte seinen Kopf gerade und eine leichte Röte überzog sein Gesicht. Und es war nicht die Röte für Scham sondern die für Wut, die er nur mühsam unterdrücken konnte.

Birgit hatte es natürlich bemerkt und sie legte nach:

"Ich frage Sie noch einmal: Wo waren Sie...?"

"Ist ja gut!" stieß Pater Anselm hervor, "ich muss nur kurz nachdenken! Was war das für ein Wochentag?"

"Ein Donnerstag!" antwortete Birgit, "es war in der Nacht von Donnerstag auf Freitag!"

"Ach ja", sagte der Pater, "ich erinnere mich! Da war ich hier im Kloster, um die Beichte abzunehmen. Aber nur bis ca. 19:00 Uhr. Danach bin ich nach Hause gegangen!"

"Gibt es dafür Zeugen?"

"Dass ich die Beichte abgenommen habe?"

"Nein; dass Sie nach 19:00 Uhr das Kloster wieder verlassen haben!" sagte Birgit leicht unmutig.

"Das weiß ich nicht!" antwortete Pater Anselm.

"Das heißt, Sie könnten sich im Kloster versteckt haben, um später den Mord zu begehen!"

"Sind Sie übergeschnappt!" sagte der Pater, "ich bin Priester und kein Mörder!"

"Das eine schließt das andere nicht aus!" antwortete Birgit, und sie genoss es den bis vor kurzem überheblichen und so souverän wirkenden Gottesmann wanken zu sehen.

"Das muss ich mir nicht mehr länger anhören!" schrie er jetzt, bar jeglicher Beherrschung, "ich werde mich über Sie beschweren!"

Damit stand er auf, um das Zimmer zu verlassen. Birgit war ebenfalls aufgestanden und auf den Pater zugegangen.

"Pater Anselm, ich nehme Sie hiermit vorläufig fest wegen des Verdachts der Tötung der Äbtissin Bonifatia!"

Sie übergab den Beamten, welche Birgit zum Kloster begleitet hatten, den Verdächtigen und wies sie an den Pater ins Untersuchungsgefängnis zu überführen.

****

Birgit wartete voller Ungeduld auf die Freundin. Es war schon nach 20:00 Uhr und Eveline war noch immer nicht erschienen.

"Ich dachte schon, du kommst nicht!" sagte Birgit eine halbe Stunde später, als Eveline mit dem Messwein bei der Tür herein kam.

"Entschuldige, Biggi, dass du so lange warten musstest", sagte sie und umarmte ihre Freundin, "aber bis jetzt war die Hölle los!"

"Wieso das denn?" fragte Birgit.

"Du hast mit der Verhaftung von Pater Anselm eine Lawine losgetreten!"

"Aha!" sagte Birgit und schaute Eveline fragend an.

"Die Diözese hat sich bei mir gemeldet und wollte Einzelheiten hören!"

"Die Diözese?" wiederholte Birgit, "woher wussten die von der Festnahme?"

"Alle Wände haben Ohren", sagte Eveline, "auch die in Klöstern!"

"Und was hast du der Diözese gesagt?" fragte Birgit.

"Dass eine durchgeknallte Kriminalkommissarin den armen Pater verhaftet hat!"

"Kriminalhauptkommissarin, wenn ich bitten darf!" sagte Birgit und schloss sich dem Lachen der Freundin an.

Eveline sah Birgit eine Weile schweigend an, bevor sie sagte:

"Du hast ganz schön Verwirrung in das Kloster gebracht und auch in mein Leben!"

"Da geht es dir wohl genauso wie mir auch!" entgegnete Birgit.

"Ich war mir bis vor ein paar Tagen so sicher mit meinem Leben", fuhr Eveline fort.

"Und jetzt nicht mehr?" fragte Birgit.

"Ich denke, die Antwort kennst du!"

Birgit nahm Eveline in den Arm und sagte:

"Ergo bibamus!"

"Du kannst Latein?" fragte Eveline erstaunt.

"Nicht wirklich!" antwortete Birgit, "aber ich kenne das Gedicht von Goethe!"

****

"Gegen Sie liegt eine Dienstaufsichtsbeschwerde vor!"

Mit diesen Worten empfing der Erste KHK Birgit am nächsten Morgen, als sie zum Rapport bei ihm erschien.

"Was wird mir vorgeworfen?" fragte Birgit ihren Chef.

"Unverhältnismäßigkeit bei der Festnahme von Pater Anselm!"

"Hat sich der Schwarzkittel beschwert?"

"Na, na!" sagte KHK Schmitt, "wir wollen doch sachlich bleiben!"

"Die Befragung, ebenso wie die vorläufige Festnahme sind ordnungsgemäß von mir durchgeführt worden!" antwortete Birgit trotzig.

"Das glaube ich Ihnen ja auch", sagte Birgits Chef, "aber wir müssen der Sache trotzdem nachgehen!"

"Und was heißt das jetzt für mich?" fragte Birgit, "bin ich jetzt vom Dienst suspendiert?"

"Nein!" versuchte KHK Schmitt Birgit zu beruhigen, "nehmen Sie sich ein paar Tage frei, bis sich die Wogen wieder etwas geglättet haben!"

"Also doch Suspendierung!" sagte Birgit, "und wem habe ich das zu verdanken?"

"Dem Bischof!" kam die lapidare Antwort von KHK Schmitt. "Ich kann da nichts machen!"

Birgit stand auf und ging hinaus. Und dass sie dabei die Tür etwas heftig ins Schloss fallen ließ, konnte ihr Chef sogar verstehen.

"Der Fall gehört jetzt dir, Harri!" sagte sie wenig später zu ihrem Kollegen, "ich mache ein paar Tage frei!"

Und bevor Harald etwas entgegnen konnte, war Birgit auch schon verschwunden.

****

"Befindet sich die stellvertretende Direktorin, Frau Herbst noch im Unterricht?" fragte Birgit einen Kollegen von Monika, der gerade die Treppe des Schulgebäudes herunter kam.

"Das kann ich Ihnen nicht sagen!" antwortete dieser etwas zögerlich, "aber gehen Sie doch in die Direktion, dort erhalten Sie Auskunft!"

"Guten Tag, Frau Direktor!" begrüßte Birgit Monikas Chefin.

"Grüß Gott, Frau Schwab!"

Die Direktorin war hinter ihrem Schreibtisch hervor gekommen und reichte Birgit die Hand.

"Wie geht es Ihnen? Wir haben uns lange nicht mehr gesehen!"

"Danke, es geht mir gut!"

Nach ein paar weiteren, ausgetauschten Höflichkeiten, sagte Birgit:

"Ich wollte Monika abholen. Ist sie noch im Unterricht?"

"Sie wissen es nicht; oder?" fragte die Direktorin nach kurzem Zögern.

"Was weiß ich nicht?" sagte Birgit, nichts Gutes ahnend.

"Monika wurde vom Unterricht suspendiert!"

Birgit erschrak zutiefst.

"Was ist geschehen? Monika hat mir nichts dergleichen erzählt!"

Und dann erzählte ihr die Direktorin, dass Monika einen Schüler geschlagen hätte, weil er ein Nacktfoto von einer Klassenkameradin ins Netz gestellt hatte.

"Und das genügt schon, um eine engagierte Lehrerin zu suspendieren?" fragte Birgit "Und nur weil sie dem Mistkerl eine gescheuert hat?"

"Es war mehr als „eine gescheuert", antwortete die Direktorin, "wir mussten den Schüler ins Krankenhaus bringen. Und Monika macht Kampfsport; sie kann ordentlich zuschlagen!"

"Ja, schon...", sagte Birgit und die Direktorin fügte hinzu:

"Das war auch nicht das erste Mal, dass die Kollegin auffällig geworden ist!"

"Was war da noch?" fragte Birgit, die jetzt alles wissen wollte.

"Als Monika mit ihrer Klasse vor ein paar Wochen im Kloster war..."

Weiter kam die Direktorin nicht.

"Monika war im Kloster? Im Kloster Rehberg?"

"Ja!" antwortete die Direktorin, "hat sie Ihnen das nicht erzählt?"

"Nein!" antwortete Birgit. Ihr Gesicht war weiß wie die Wand geworden.

"Geht es Ihnen nicht gut? Soll ich Ihnen ein Glas Wasser bringen?" fragte die besorgte Pädagogin.

"Danke, nein!" antwortete Birgit, "es geht schon wieder!"

Sie gab der Direktorin die Hand und verabschiedete sich: "Vielen Dank, Sie haben mir sehr geholfen!"

Als Birgit etwas später auf ihrer Bank am Fluss saß, musste sie sich übergeben.

Das Telefon läutete, und Birgit erkannte auf dem Display, dass es sich bei dem Anrufer um Blochi handelte.

Sie wollte ihn schon wegdrücken, nahm das Gespräch dann aber doch an.

"Wieso bist du nicht im Büro?" fragte Blochi mit vorwurfsvoller Stimme. "Du kannst doch mitten in den Ermittlungen nicht blau machen!"

"Das war nicht meine Entscheidung!" antwortete Birgit, "gehe zu Schmittchen Schleicher und beschwere dich bei ihm!"

"Bewege deinen Hintern hier her; es gibt Neuigkeiten!"

"Die kannst du mir auch am Telefon sagen!" antwortete Birgit.

"Wie du willst!" sagte Blochi.

"Dein Gehilfe hat mir gesagt, du hättest ihm aufgetragen mir zu sagen, ich solle die Tatwaffe noch einmal untersuchen!" begann Blochi mit seinen Ausführungen.

"Rede nicht so von Harri!" sagte Birgit, "Harri ist ein kompetenter Kollege!"

"Darüber ließe sich trefflich streiten!" entgegnete der Gerichtsmediziner in leichter Abwandlung eines Goethezitats aus dem „Faust".

"Ich bin nicht in der Stimmung dazu!" sagte Birgit leicht gereizt, "also lassen wir das!"

"Das Messer, welches du mir gebracht hast, kann keinesfalls die Tatwaffe sein. Es ist zwar identisch mit der Tatwaffe, aber es waren weder Blutspuren noch Spuren eines Reinigungsmittels daran festzustellen. Und eines von beiden hätte ich finden müssen!"

"Wieso hast du das Messer nicht gleich gründlich untersucht?" fragte Birgit.

Nach einer kurzen Pause gab Blochi die Antwort:

"Weil der Beschuldigte die Tat nicht geleugnet hat, dachte ich, es sei überflüssig!"

"Das war nicht gerade sehr professionell!" sagte Birgit und ergänzte:

"So viel zum Thema „kompetenter Kollege", Herr Professor Doktor Bloch!"

"Du hast ja recht!" antwortete Blochi kleinlaut, "den Schuh werde ich mir wohl anziehen müssen!"

"Davon kannst du ausgehen, Blochi!"

"Bevor ich es vergesse: der Täter war Linkshänder!"

Als Birgit das hörte, begann sich in ihrem Kopf alles zu drehen. Sie beendete das Gespräch und starrte mit leeren Augen auf den Fluss.

Es dauerte eine geraume Weile, bis sie wieder handlungsfähig war. Dann schrieb sie an Monika eine SMS:

"Hallo Moni, ich habe gerade von deiner Chefin erfahren, dass du beurlaubt worden bist. Das tut mir leid. Ich finde das in hohem Maße ungerecht!
Bitte, komme nach Hause und lass uns reden.
ich vermisse dich so!
Biggi"

Birgit wartete noch eine gute Stunde, bevor sie aufbrach.

"Ich bin sehr froh, dass ich wieder zurück kommen durfte, mein Liebling! Du wirst sehen, jetzt wird alles wieder gut!"

Monika ging zum Fenster und schaute hinaus.

"Du weißt es, mein Liebling!" sagte sie, "du hast schon Verstärkung mitgebracht!"

Vor dem Haus parkte ein Streifenwagen und direkt daneben waren zwei Beamte postiert.

"Ich will aber, dass du mir alles erzählst und dass du mir dabei in die Augen siehst!" sagte Birgit und die Tränen liefen ihr über das Gesicht.

Monika wollte auf die Freundin zugehen, um sie zu umarmen.

"Bitte nicht!" sagte Birgit und streckte ihre Hände abwehrend entgegen. "Setze dich einfach nur hin und erzähle!"

"Ich war ein kleines Mädchen wie du und ich war auch in einem Kinderheim, so wie du!" begann Monika ihre Lebensbeichte.

"Mein Kinderheim hieß „Sonnenschein", nur dass dort niemals die Sonne schien. Es war vielmehr ein Ort ewiger Finsternis!"

"Bei mir war auch nicht alles rosig!" wendete Birgit ein.

"Bitte, unterbrich mich nicht!" sagte Monika, "es ist schon schwer genug für mich!"

Dann fuhr sie fort:

"Es gab dort einen Pater Bonifatius und eine Schwester Agnes, zwei sehr böse Menschen!

Und dieser Pater Bonifatius tat nichts Gutes, auch wenn sein Name einen das glauben machen möchte.

Er liebte kleine Mädchen und er ließ sie nächtens zu sich kommen, um sie zu liebkosen. Noch lieber mochte er es jedoch, wenn ihn die kleinen Mädchen liebkosten.

Und das an einer ganz bestimmten Stelle. Und während die kleinen Mädchen Hand an ihn legten, fuhr er mit seinen schmutzigen Händen den kleinen Mädchen über das Haar."

In Birgit krampfte sich alles zusammen. Auch in dem Kinderheim, in dem sie lange Zeit war, gab es die eine oder andere nicht so liebevolle Schwester. Aber Übergriffe dieser Art waren ihr nicht bekannt.

Sie sah in die leeren Augen von Monika, die inzwischen ebenfalls tränengefüllt waren, und sie musste sich sehr zurück halten, um Monika nicht zu umarmen.

"Aber nicht weniger böse war die liebe Schwester Agnes. Sie führte die kleinen Mädchen - Nacht für Nacht - diesem Satan zu.

Mich liebte sie wohl besonders!

Mit mir spielte sie manchmal „Mutter und Kind". Dann entblößte sie ihre Brust und legte mich an wie einen Säugling. Und ich musste saugen. Wenn ich mich weigerte, schlug sie mir mit der flachen Hand auf den Kopf.

Ich weiß gar nicht, was schlimmer war: das Befriedigen des Paters oder das Saugen an der Brust von Schwester Agnes.

Gehasst habe ich sie beide..."

Birgit hielt es nicht mehr aus. Sie stand auf und ging zu Monika. Als sie sie umarmen wollte, stieß diese sie jedoch zurück.

"Lass das!" sagte sie barsch. "Ich bin nicht mehr die Frau, die du geliebt hast. Ich bin eine Mörderin und ein Monster!"

Birgit wollte laut schreien, konnte aber nicht.

"Ich habe mir damals geschworen diese Menschen zu töten. Aber als ich adoptiert wurde, habe ich sie aus den Augen verloren und irgendwann auch aus meinem Gedächtnis.

Meine Adoptiveltern haben mir sehr viel Liebe gegeben. Durch sie habe ich in ein normales Leben gefunden.

Mein Adoptivvater war Lehrer und ich wollte so sein wie er. Also habe ich studiert und bin Lehrerin geworden. Und den Rest kennst du ja!"

"Nicht so wirklich!" sagte Birgit zaghaft.

"Ach so, du meinst den Mord!"

Birgit nickte und Monika fuhr fort:

"Ich habe vor ein paar Wochen mit meinen Schülern einen Ausflug in das Kloster Rehberg gemacht. Und da habe ich sie getroffen.

Plötzlich stand sie vor mir. Sie hat mich nicht erkannt; aber ich sie: die Hexe vom Kinderheim „Sonnenschein".

Sie hatte zwar ihren alten Namen abgelegt und nannte sich „Schwester Bonifatia"; aber ich wusste sofort, wer sie wirklich war.

Den Namen hat sie wohl in Anlehnung an Pater Bonifatius angenommen, der schon zeitig an Krebs gestorben war.

Als ich sie sah, brachen Wunden auf, von denen ich geglaubt hatte, dass sie verheilt gewesen wären. Sie waren aber nur vernarbt.

Die Erinnerung stand vor mir auf wie eine große schwarze Wand, und so sehr ich mich auch bemühte, ich konnte sie einfach nicht überwinden.

So entstand der Entschluss diese Frau zu töten!"

Birgit saß wie versteinert da und starrte Monika an.

"Spürst du, wie Verachtung und Hass von dir Besitz ergreifen?" fragte Monika, "und du kannst nicht einmal etwas dagegen tun!

Es muss auch sehr weh tun, zu erfahren, dass man jahrelang ein Monster im Arm gehalten hat!"

"Aufhören!" schrie Birgit, "hör endlich auf!"

Birgit war aufgesprungen. Was sie gerade erlebte, zerriss ihr schier das Herz.

Sie hatte diese Frau geliebt, sie hatte ihr vertraut, sie war ein Teil von ihr selbst geworden. Und jetzt stellte sich heraus, dass sie diese Frau überhaupt nicht kannte.

"Warum hast du nie mit mir darüber gesprochen?" fragte Birgit plötzlich.

Monika hörte überhaupt nicht zu. Stattdessen sagte sie:

"Willst du denn gar nicht wissen, wie ich es getan habe?"

Birgit schüttelte mit dem Kopf.

"Ich habe mir den Schlüssel für die Pforte besorgt, als ich mit meinen Schülern im Kloster war. Das war ganz einfach. Der hing irgendwo, für jeden zugänglich.

Warum auch nicht; die Menschen im Kloster sind ja alle lieb, und die Besucher sind alles gute Christenmenschen, unfähig Böses zu tun."

Monikas Gesicht hatte sich in eine hässliche Fratze verwandelt, so als hätte ihr der Teufel die Seele aus dem Leib gerissen.

"Nach dem Donnerstag-Training bin ich nicht direkt nach Hause gefahren, wie ich es die anderen glauben machte!" fuhr Monika fort.

"Ich bin direkt zum Kloster gefahren und in das Zimmer der altehrwürdigen Mutter geschlichen!"

Monika schien jedes ihrer Worte zu genießen. Ihre Augen leuchteten und der Mund verzog sich zu einem hämischen Grinsen.

"Auf dem Tisch stand eine kleine Lampe und spendete ein spärliches Licht. Es war gerade genug, um das Gesicht der alten Hexe erkennen zu können.

Ich beugte mich über sie. Ihr Atem ging schwer und manchmal erholte er sich für einen kurzen Augenblick.

Als ich das Messer hob, um zuzustoßen, erwachte sie. Ich bin mir nicht sicher, ob sie mich erkannte; aber sie wusste genau, wer ich bin.

Sie wollte schreien, doch das Messer, das ich tief in ihr Herz bohrte, erstickte ihren Schrei.

Ihre weit aufgerissenen Augen starrten mich an, so wie sie es oft genug getan hatte, wenn sie das kleine Mädchen beschimpfte, wenn es wieder einmal unartig war.

Ich zerriss ihr Nachthemd. Und dann klotzen mich die Nippel ihrer Brüste an, und ich hörte, wie sie riefen: du musst fester saugen, Kind; viel fester!

Der Anblick der Brüste machte mich wahnsinnig. Ich hielt es nicht mehr länger aus. Ich nahm das Messer und schnitt sie ab.

Ein Gefühl der Erlösung durchströmte meinen Körper. Es war wunderbar; endlich war ich frei!"

"Du bist wahnsinnig, Monika!" sagte Birgit.

"Oh nein!" antwortete Monika, "glaube mir, ich bin bei klarem Verstand, und ich werde dir auch noch den Rest der Geschichte erzählen!"

"Bitte nicht!" sagte Birgit flehentlich, "ich halte das nicht mehr aus!"

"Du wirst es aushalten, mein Liebling!" sagte Monika, "der Mensch vermag viel mehr auszuhalten als man denkt!"

Birgit sank in sich zusammen.

"Und dann war da noch die kleine Eingangspforte der altehrwürdigen Mutter, durch die Pater Bonifatius hin und wieder Einlass begehrte.

Die beiden machten das im Beisein des kleinen Mädchens und es störte sie nicht im Geringsten, dass das Mädchen dabei zusah.

Warum auch? Das kleine Mädchen kannte ja nur „gut" und „böse", von Lust und Sünde wusste es ja noch nichts.

Darum habe ich das Kreuz über der Pforte der Sünde angebracht!"

Birgit drohte die Besinnung zu verlieren. Es wollte nicht in ihren Kopf, dass ein menschliches Wesen zu einer solchen Tat fähig sein konnte, zumal dieses Wesen über einen normalen Geisteszustand verfügte.

"Aber jetzt kommt die Krönung meiner Tat!" hörte sie Monika sagen. Es klang, als würde Monika durch ein Megaphon zu ihr sprechen.

"Das Legen einer falschen Spur war der schwierigste Teil meines Plans. Ich brauchte männliches Sperma.

Also ging ich in eine Bar und trank genügend Alkohol, um mich überwinden zu können mit einem Mann zu schlafen.

Ich suchte mir ein Exemplar dieser schrecklichen Spezies aus und ging mit ihm in ein Hotel. Als der Quicky vollzogen war, nahm ich das Präservativ an mich.

Mit einer Plastikspritze, mit der man normalerweise Torten verziert, führte ich das Sperma durch die Pforte der Hexe ein.

Und den Rest kennst du ja schon!"

Mit dieser Bemerkung endete das Geständnis von Monika Herbst, stellvertretende Direktorin und Lehrerin am hiesigen Gymnasium.

Und langjährige Lebens- und Weggefährtin von Birgit Schwab, Kriminalhauptkommissarin.

Monika ging zur Vitrine und entnahm ihm eine Flasche Cognac und zwei Gläser. Sie goss ein und hielt Birgit eines der Gläser entgegen.

"Bevor du mich abführst oder wie das heißt, trink mit mir ein letztes Glas! Um der alten Zeiten willen..."

Birgit nahm das Glas wie ferngesteuert entgegen.

"Wie bist du drauf gekommen?" fragte Monika und nahm einen Schluck aus ihrem Glas.

Birgit, die ihr Glas noch immer in ihrer Hand hielt, antwortete:

"Die Geschichte, dass du vorher schon einmal im Kloster warst und dass du Linkshänderin bist!"

"Du bist eben eine tolle Kriminalistin! Auf dich!"

Monika prostete Birgit zu und leerte dann ihr Glas auf einen Zug.

"Ich pudere mir nur noch schnell das Näschen und dann können wir fahren!" sagte Monika und ging ins Badezimmer.

Einen Moment später hörte Birgit einen dumpfen Schlag und kurz darauf einen Schrei. Sie stürzte ins Badezimmer und schaute durch das Fenster hinunter auf die Straße. Monika hatte sich das Leben genommen.

Auf der Badbordüre lag ein Brief: für Biggi!

"Liebe Biggi,
ich habe mich selbst gerichtet, weil ich keine Lust habe in einem Gefängnis zu verrotten.
Ich möchte, dass du eines weißt: ich habe dir nicht immer alles gesagt; aber ich habe dich nie belogen. Meine Liebe zu dir war echt und wahrhaftig. Ich habe lange gegen meinen Hass gekämpft und habe verloren. Vielleicht hätte ich mit dir reden müssen; aber dafür ist es jetzt zu spät. Ich weiß, dass meine Tat unverzeihlich ist, und ich bitte dich erst gar nicht darum.
Um eines aber bitte ich dich: behalte unsere Liebe in guter Erinnerung; sie hat es verdient!
Moni"

****

Die Beerdigung von Monika Herbst fand in aller Stille statt.

Birgit hatte die Schule von Monika von dem Beerdigungstermin in Kenntnis gesetzt; aber keiner war erschienen.

Am Grab standen lediglich Dr. Bloch und KOK Strom. Sie taten dies aus Loyalität zu Birgit.

Birgit hatte ein kleines Grabgebinde anfertigen lassen. Auf der Schleife stand zu lesen: In Liebe Biggi.

Mit etwas Abstand war es Birgit gelungen die Erinnerung an eine schöne und wunderbare Zeit mit ihrer Geliebten zu neuem Leben zu erwecken.

Die Schatten der grausamen Tat waren jedoch noch stark vorhanden; aber mit der Zeit würden sie weniger werden, um mit etwas Glück irgendwann zu verblassen.

Als die Beerdigung zu Ende war, sagte Dr. Bloch:

"Gehen wir etwas trinken!"

"Ja!" antwortete Birgit, "geht schon einmal voraus, ich brauche noch ein paar Minuten. Ich komme dann gleich nach!"

****

"Hallo, kleine Biggi, wie geht es dir?"

Eveline hatte Birgit eine SMS geschickt.

"Danke, nicht so toll!" antworte Birgit, "aber mit der Zeit wird es schon werden!"

"Wollen wir uns treffen?" fragte Eveline.

"Jetzt nicht!" antwortete Birgit. "Lass mir etwas Zeit! Ich muss erst mein Leben neu ordnen. Es ist zu viel kaputt gegangen in den letzten Tagen und Wochen!"

"Das verstehe ich, kleine Biggi!" antwortete Eveline. "Obwohl bei mir das Gegenteil der Fall ist - denn bei mir ist etwas sehr Schönes passiert - habe auch ich einiges zu ordnen!"

"Das freut mich, dass du das so siehst, große Schwester", antwortete Birgit, "das ist schön!"

"Du weißt das noch?" fragte Eveline.

Sie spielte darauf an, dass sie Birgit im Kinderheim einmal gesagt hatte, dass sie jetzt ihre „große Schwester" sei und dass sie keine Angst mehr zu haben bräuchte, denn sie würde sie beschützen.

Das war, als Eveline sich wieder einmal in das Bett der kleineren Birgit gelegt hatte, weil sie diese weinen gehört hatte.

"Natürlich weiß ich das noch! Wie könnte ich das je vergessen!" antwortete Birgit.

"Dann werde ich das wohl auch weiterhin tun!" schrieb Eveline. "Ich hab dich sehr lieb!"

"Ich dich auch!" antwortete Birgit. "Bis bald, meine liebe, liebe Evi!"

****